13 KRATKIH ZGODB

Cathy McGough

Stratford Living Publishing

KAJ PRAVIJO BRALCI...

DANDELION VINO

ZDA

„Dandelion Wine je kratka zgodba, v kateri se dobro počutim, čeprav me je epilog malce razžalostil zaradi tega, kako se stvari spreminjajo. Bilo je prav prijetno na kratko obiskati čas, ko so bile stvari drugačne.

„Kratka, sladka zgodba po poti spominov na preprosto življenje v idiličnem poletnem dnevu.“

NAJSVETLEJŠA ZVEZDA

„Ljubezen nikoli ne odpove. V tej kratki zgodbi je povzeto ljubezensko življenje Linde in Williama. Zgodba o razočaranju in boju, medtem ko se skozi vse to ohranja ljubezen.“

MARGARETINO RAZODETJE

Kanada

„To novelo sem začela brati v nekaj minutah po nakupu, in ko sem začela, sem jo morala končati. V tej zgodbi sem resnično uživala. Dobro je napisana in ni si mogel pomagati, da ne bi čutil z glavno junakinjo. In zaradi presenečenja na koncu mi je padla čeljust.“

DARRYL IN MI

ZDA

„Strašljivo. Kratka grenko-sladka zgodba o ženski tragediji in njenem poskusu spopadanja z njo med nosečnostjo.“

VELIKA BRITANIJA

„Odlična zgodba. Odlična čustva. Resnično sem čutila s Cath in Darrylom.“

DEŽNIK IN VETER

ZDA

„Znanstvena fantastika v svoji najsodobnejši in najbolj aktualni obliki. Kratko in dobro branje.“

„Avtor splete domiselno znanstvenofantastično zgodbo, ki meša nevaren veter, leteči dežnik, vrtečo se zeleno steklenico in še kaj. Kratka zgodba s hitrim dogajanjem.“

India

„Kakšna vznemirljiva vožnja! Potek je izjemno hiter, pisanje pa dosledno in gladko. Nekako me je spomnil na Jeroma K. Jeroma in Trije možje v čolnu.“

VELIKA BRITANIJA

„Mati slabih vikendov se sreča s tujcem. To je s suho duhovitostjo napisana bizarna zgodba z nezemljanom podobnim masivnim zelenim predmetom, dežniki in pištolami. Izjemno domiselna, če ne kar nora zgodba, ki vas bo ganila do zadnje strani. Cathy McGough, polna ocena za ustvarjalno domišljijo. Morda se boste na glas smejali in polili kavo.“

SMRTNA ŽELJA

ZDA

„To knjigo sem prebrala v pol ure sinoči, ko sem šla spat. Bilo mi je žal za tega človeka, ki je menil, da je njegovo življenje nesmiselno. McGough bralca pripelje do samega roba, in tudi ko je prestopil točko, od koder ni vrnitve, si ne morete predstavljati, kako se bo stvar končala. Odlična zgodba za branje ob kosilu ali odmoru za kavo.“

„Všeč mi je bila ustvarjalnost Cathy McGough pri ustvarjanju kratke novele na 20 straneh z veliko življenjsko izkušnjo nekega človeka, ki ni mogel najti življenjskega cilja.“

„To knjigo sem imela že nekaj časa v svojem KIndlu, a ko sem se končno odločila, da jo preberem, je nisem odložila, dokler je nisem končala. Čeprav gre za zelo kratko branje, so zaplet in liki popolnoma razviti. Všeč mi je bila.“

„Bere se kot epizoda iz serije Zgodbe iz kripte ali Zone somraka.“

„Všeč mi je bila in med branjem sem se spraševala, ZAKAJ? Ko sem izvedela, sem bila zgrožena, kajti takšne stvari so moja najhujša nočna mora.“

ZDA IN VB

„Avtor spretno uporablja notranji monolog lika, da razkrije njegovo življenje in odločitev, s katero se spopada. Prijelo me je vse do konca. Ta spretno povedana zgodba je zelo zabavno branje in jo toplo priporočam.“

Vsebina

Posvetilo

ZA DIANNE

Predgovor

Dragi bralci,

v tej zbirki kratkih zgodb je šest najljubših zgodb mojih bralcev in sedem novih kratkih zgodb, ki sem jih napisal med pandemijo.

Pravijo „ven s starim in noter z novim", jaz pa pravim, da si oglejmo celoten pogled.

Srečno branje!

Cathy

DANDELION VINO

Pisalo se je leto 1967 in poletja je bilo že skoraj konec, ko sem po prodnati slepi cesti vlekel svoj okorni rdeči kombi. Drsenje koles moje kočije je bilo ljudem na naši poti dobro znano.

„Lep dan za sprehod,“ sem rekel.

„Zagotovo je. Lepo se imejte,“ so mi odgovorili.

Če sva imeli s prijateljico Sandro srečo, so nama prinesli ledeno vodo, kolo ali limonado. Čeprav nisva živeli v bližini, naju je večina prijazno obravnavala. Večina, vendar ne vsi lastniki stanovanj.

„Ne bodi nadležen,“ mi je vedno govoril oče, in to tudi nisem bila. Vedno sem se ukvarjal s svojimi zadevami. Nisem se trudil, da bi pritegnil pozornost nase. Ali sem lahko pomagal, če so škripajoča kolesa škripala?

Bila sem dekle z namenom, zato ni bilo pomembno, da so me bolele roke, čeprav sem si želela, da bi rasle hitreje. Ni bilo pomembno, če se je voziček prevrnil v luknji ali če se je skotalil v jarek.

Še vedno sem imela v mislih noro žensko v eni od hiš. Strah me je bilo hoditi sam mimo njene hiše.

Ob drugih obiskih je kričala na nas, ker nismo storili ničesar. Ali pa nas je preklinjala. Enkrat je celo poslala ven svojega psa, ki se je slinil in lajal. Ta je varovala cesto, kot da bi bila del njene posesti. Pogledal sem na streho, kjer je v vetru plapolala stara kanadska zastava. Nekateri so rekli, da ni hotela izobesiti nove zastave z velikim javorjevim listom. Zaradi nje in njenega psa me je zeblo.

Ko sem se približal strašni hiši, se mi je pospešil dih. Ker je bila to slepa ulica, nisem imel druge izbire, kot da grem mimo. Ustavila sem se in se ozrla nazaj, da bi videla, ali prihaja Sandra. Ni je bilo še videti.

Potem sem se spomnil, da imam v žepu babičino srečno zajčjo nogo. To mi je dalo pogum. Z obema rokama sem potegnil voz in pohitel mimo.

Vedel sem, da je tam stara gospa Macguire. Ni mi je bilo treba videti. Lahko sem jo začutila. V hiši na levi, za zavesami. S pogledom me je gledala v oči. Sovražila je otroke, vse otroke.

Nekaj hiš pozneje sem se skoraj spotaknil ob vezalko. Umirila sem voz, preden sem se sklonila, da bi ga ponovno zavezala. Pri tem sem se ozrl čez ramo in videl, kako so se zavese zatresle. Zdaj to ni bilo pomembno. Bila sem izven dosega njenega zlobnega pogleda.

„Hej, počakaj! Počakaj!" je slišati glas moje prijateljice, ki je s sandali stopila na kamnito cesto. Končno je moja najboljša prijateljica prišla. Sandra je vedno na vse zamujala.

Obrnila sem se v njeno smer in opazovala, kako teče mimo hiše stare gospe Macguire. Ko je prišla do mene, je bila zadihana.

Padli sva si v objem. Obe sva varno pritekli mimo bivališča stare čarovnice.

„Skrajni čas je že!“ Nekoliko nestrpno sem rekel, ko sva se razšla.

„Oprosti, imela sem opravke in mama je bila odločena, da mi bo razčesala lase. Rekla je, da sem v javno sramoto!“

„Tvoja obleka je lepa,“ sem rekla in opazila gube in pentlje, ki so krasile oba sprednja žepa. Bila je lepa in popolnoma neprimerna za nabiranje sadja.

Sandra je z eno roko prijela svojo polovico ročaja voza, z drugo pa pritisnila na sprednji del obleke. „Sovražim rožnato,“ je rekla.

Njena roka ob moji se je odlično prilegala in z lahkoto sva vlekla voziček drug ob drugem.

„Mama mi je obljubila, da se bom na poti domov ustavila v trgovini na vogalu in kupila hlebec kruha.“ Segla je v žep: „Vidiš, dala mi je štiriindvajset centov in še pet centov, da sva si lahko razdelili bananin sladoled.“

„Oh, to je nekaj, česar se lahko veselimo.“ Banana je bila najin najljubši okus.

Nadaljevali smo s hojo. Nekje za nama je lajal pes.

„Da bi dobila denar za sladoled, sem *morala* obleči to neumno obleko.“

„Ni neumna,“ sem se zlagala in si želela, da bi imela svojo lepo obleko, ki bi jo lahko oblekla na dan, ko ni bil cerkveni dan. Z dvema bratoma, eno sestro in še enim otrokom na poti ni bilo verjetno, da bom kmalu dobila novo obleko.

Sandra je zašepetala: „Si jo videla?“ Vedela sem, da je mislila na staro damo Macguire. „Si danes začutila njeno zlobno oko?“

„Ne, ker sem prekrižala prste in oči." Zlagala sem.

„Dobra misel," je rekla in večino teže prenesla na svoj bok ter vprašala: "Hočeš, da te za nekaj časa prevzamem in vlečem?"

„Ne, saj bi si lahko umazala obleko." Sandra se je zasmejala. „Skupaj je bolj zabavno," sem rekel, ko sva se sprehodila mimo hiše gospoda Holidaya in nato naprej mimo hiše gospoda in gospe Otter.

Skoraj na cilju smo postali tiho. Kot najboljši prijateljici se nama ni bilo treba ves čas pogovarjati. Namen našega potovanja je bil skupen in odvisen od grmov *črnega ribeza gospe Virginije Martin. Če je bilo veliko ribeza, nam je lahko dovolila, da si ga vzamemo. Če bi bil pridelek skromen, bi bilo naše potovanje spet zaman.

„Komaj čakam, da vidim, koliko je sadja," sem rekel.

„Zdi se mi, da bomo imeli srečo," je rekla Sandra.

Ustavili smo se in si ogledali hišo gospe Virginije. Prednji vrt je bil vedno brezhiben, kot da bi veter vedel, da je treba smeti in listje vedno odpihniti, da ne bi pokvarili njene lepe trate.

Že kot majhna deklica sem v hišah vedno iskala prijazne obraze. Mama je rekla, da je to navada, iz katere bom sčasoma zrasla.

Hiša gospe Virginije je imela nenavaden, a prijazen obraz z dvema okroglima oknoma na vrhu. Ko so bile žaluzije spuščene do polovice ali do konca, so bile videti kot veke. Ta značilnost je bila drugačna od vseh drugih hiš, ki sem jih videl.

Med očmi je rasel nos. Nos iz opeke. Razlika je bila v tem, da so bile te opeke pokonci, medtem ko so bile ostale opeke obrnjene vstran. Ob tem me je zmrazilo, saj se je zdelo, kot da je graditelj vedel, da je nos naredil prav zame. Vem, da se to verjetno sliši neumno.

Potem pa še usta spodaj, ki so jih oblikovala dvojna vrata. Zaradi vitraža na vrhu je bilo videti kot vrsta zob z zobnim aparatom.

Rada sem stala in gledala hišo, saj je bila tudi kraj, kjer je cvetela narava. Nasmejal sem se, ko sem se spomnil, kako je zaradi divje rastočega bršljana včasih izgledalo, kot da ima hiša brado ali muce.

Opazil sem, da si Sandra brundala *Penny Lane*. Vedno je brundala, ko ji je bilo dolgčas. *Beatli so* bili v redu, a meni so bili ljubši *Stonesi*.

Sandra si je z obraza odgrnila svetle lase, medtem ko so muhe brenčale okoli nje, kot da je njen znoj vabilo k rojenju.

Spustil sem oprijem voza in se postavil na prste, da bi videl čez ograjo. Upal sem, da sem tokrat dovolj visok, a ni bilo sreče. Sandra je poskusila, saj je bila za malenkost višja, vendar tudi ona ni mogla videti čez. Držal sem voz stabilno, Sandra pa je vstopila in poskušala videti čez, vendar tudi to ni pomagalo.

„Mislim, da je bolje, da greva tja gor in vprašava,“ je rekla Sandra.

„Pravično.“

Voz sva zapeljali na travnik pred hišo gospe Virginije in ga parkirali, nato pa se sprehodili po dolgi dovozni poti, ki je bila posejana s cvetjem. Sončnice so nam prikimavale in se nam priklanjale, kot da bi bili kraljevska družina, ki se je sprehajala med njimi. Nekaj regratov se je borilo v senci svojega bratranca.

„Se spomnite, kako nam je oče dal poskusiti regratovo vino, ki ga je naredil?“

„To je bila najhujša stvar, kar sem jih kdaj poskusila," je rekla Sandra.

„Vem, ampak vseeno ga ne bi smela izpljuniti." Smejali smo se, ko smo se spomnili vina, ki je brizgnilo po očetovi srajci. „Oče je mislil, da si bila zelo nesramna."

„Nisem hotela biti." Pogledala je na svoje noge. „Hej, veš kaj? Lahko bi prosili za sončnice in jih prodajali."

„Lepe so, ampak držimo se načrta. Gospa Smith je rekla, da nam bo plačala dve četrtini (petdeset centov) za toliko črnega ribeza, kolikor ga lahko nesemo, tako da kupca že imamo. Ne poznamo nikogar, ki bi želel sončnice."

„Samo pomislil sem, da bi morda kdo želel semena. Ampak dobro."

Pogledal sem prijatelja in se odločil, da o tej zadevi ne bom povedal ničesar več.

Na dnu stopnic sva zbrali svoje misli. Iz izkušenj sva vedela, da ni pomembno, kaj rečeva, ampak kako to rečeva.

Zadnjič nama je spodletelo, in to zelo. Gospa Virginia je rekla, da črni ribez še ni pripravljen. Povedala je, kako navdušena je, da bo pripravila nekaj novih receptov za letni jesenski sejem.

Gospa Virginia je bila v našem okrožju znana, saj je prejela številne zlate medalje za recepte, povezane s črnim ribezom. Njena fotografija je bila pogosto objavljena v lokalnem časopisu, včasih celo na naslovnici.

Zato je imela pravico obdržati sadje zase, vendar je bil svet namenjen deljenju. Upali smo, da jo bomo prepričali, da nam nameni del črnega ribeza.

Ob tem obisku se je na naših obrazih verjetno videlo razočaranje, saj nas je gospa Virginia povabila, naj ji namesto tega pomagamo nabirati jabolka in hruške. Ponudila nam je, da nam plača po deset centov, vendar to ni bilo dovolj, da bi dobili, kar smo želeli. Zahvalila sva se ji za prijazno in velikodušno ponudbo, vendar sva jo zavrnila.

„Kaj pa če reče ne?" Sandra me je vprašala in se zleknila, ko mi je pogledala v oči.

Iztegnila sem roko in se dotaknila prijateljičinih dolgih svetlih las, nato pa sem pramen malo potegnila. „Daj, pa bomo to izvedeli."

Sandra je začela teči, a sem jo pravočasno ujela in izustila besede „DECORUM", na kar je Sandra odgovorila: „Kaj?" „Upočasni," sem zašepetal. „Ne pozabite, da smo mlade dame."

Zahihitali sva se. Sandra si je spet zgladila sprednji del obleke.

Vzel sem roke iz žepov in segel po ključavnici. Še preden sem se je dotaknil, je gospa Virginia odprla vrata. Nasmehnila se je, ne samo z usti, ampak tudi z očmi. Bila je vesela, da naju vidi, to je bil dober znak.

„Koga imamo tukaj v tem lepem jutru?" je vprašala, saj je dobro vedela, koga ima, ker sva se s Sandro vračali že vse poletje. Več kot desetkrat sva se povzpeli na njeno verando in spraševali po črnem ribezu.

„To sva midva s Sandro," sem rekla in obe sva se nekako zakrivili. To je bil najin najboljši poizkus, čeprav se pravi angleški kraljici to morda ne bi zdelo tako. Gospa Virginia je zaploskala.

„Dobro, dobro," je rekla gospa Virginia in naju pogledala gor in dol. Sandra v svoji lepi rožnati obleki in jaz v kombinezonu. „Kaj nista videti..." Obotavljala se je. „Spominjata me na..." Ustavila se je, njene besede in izraz na obrazu so zastali. Njene oči so postale žalostne, a le za trenutek. Nasmehnila se je. „Videti ste kot slika, pravzaprav bi vas rada fotografirala, če nimate nič proti?"

Zaradi njene spremembe iz veselega v žalostnega in nazaj v veselega me je razjezil želodec. Pogledala sem Sandro in strinjali sva se. Gospa Virginia naju je povabila v notranjost, naj počakava, medtem ko bo pripravila fotoaparat. V drugi sobi smo slišali, kako odpira in zapira predale.

„Skrbi me za vagon," je zašepetala Sandra.

Opogumila sem se in pogledala skozi okno. „Vse je v redu." Po tem sem ves čas spremljal vagon, saj nisem želel, da bi spet izginil.

Kot takrat, ko smo šli noter po kozarec limonade. Ko sva prišla ven, ga ni bilo več. Hodili smo in hodili, da bi ga našli, vendar o vozu ni bilo nobenega znaka.

Sandra in jaz sva šli domov. Bil sem strašno razburjen, jokal sem kot otrok. Voz mi je veliko pomenil, piskala so mi kolesa in vse ostalo. Bil je božično darilo mojih starih staršev.

Najini starši in prijatelji so iskali, dokler se ni prižgala ulična razsvetljava. Naslednji dan smo dali oglas v časopis Izgubljeno in najdeno. Našli so ga zunaj gozdnatega območja, prevrnjenega na kmečkem polju.

Sandra in jaz sva vedeli, kdo ga je tja postavil. Seveda je bila to stara dama Macguire, vendar nisva imela nobenega dokaza. Oče je rekel, da nikogar ne smeš obtožiti ničesar brez dokazov, vendar sva jo videla, kako naju je opazovala s svojim zlobnim očesom.

Ravno takrat se je vrnila gospa Virginia s Kodak Instamatic. Oglas zanj sem videl v očetovem izvodu revije Life. Ta je bil res čudovit.

„Zberite se, dekleta.“

„Ali ne bi bila zunaj boljša svetloba?“ Vprašala sem.

Nasmehnila se je in odprla vhodna vrata.

Čakale smo na verandi in se skušale izogniti pretiranemu vznemirjanju, medtem ko se je gospa Virginia odločala, kje naj stojimo, da bo svetloba najboljša.

Naslonil sem se na steno verande in poskušal zagledati grme črnega ribeza, vendar ni šlo.

„Hmmm,“ je rekla gospa Virginia, “zakaj ne bi šli na vrt? Ko bo vse cvetelo, bomo lahko naredili nekaj čudovitih fotografij.“

Sandra in jaz sva se nasmehnili.

Spustili smo se po stopnicah. Sandra je na moje veliko neodobravanje z enim samim hitrim skokom dosegla dno. Zdi se, da gospe Virginije to ni motilo. Hodila sva za njo in poslušala vsako besedo. „Tu raste peteršilj, tu so moji paradižniki. Kako so letos zrasli. Nič ni lepšega kot sveža paradižnikova omaka. In tukaj je moj regrat. Iz njih delam regratovo vino.“

Sandra je zavzdihnila in naredila obraz.

Zdi se, da gospa Virginia tega ni opazila. „Tukaj pa je moj nasad črnega ribeza, a to seveda že poznate.“

Trudila sem se, da ne bi bila videti preveč vznemirjena, in sem vrgla pogled nazaj čez ramo na voz, ko sem ocenjevala, koliko lahko prepeljemo na enem potovanju. Želela sem si, da bi ga s seboj vzela na vrt.

Občutila sem, da se je Sandrina roka dotaknila moje. Opazil sem, da so njena usta ob pogledu na ribez obvisela široko odprta. Izgledala je kot pes, ki čaka na večerjo.

„Zaprla bi ga, mlada dama,“ je vzkliknila gospa Virginia, “razen če želite ujeti nekaj muh.“

Sandra je usta skrila za roko.

Gospa Virginia se je skoraj hihitajoče zasmejala ob pogledu na cvetoče grme črnega ribeza. Sadje je viselo tam, pripravljeno za obiranje. Veliko in veliko ribeza. Bile smo tako navdušene, da smo kar piskale.

„Najprej slike,“ nas je opomnila gospa Virginia. Gospa Virginia je poskušala najti najboljši možni kot, glede na to, da so se drevesa raztezala v sončni svetlobi in ustvarjala sence.

Zavedala sem se, da bo ob tolikšni količini ribeza, pripravljenega za obiranje, miss Virginia potrebovala našo pomoč in da nam bo morala ponuditi več denarja kot takrat, ko nas je prosila, naj obiramo jabolka in hruške. Pri jabolkih in hruškah smo bili omejeni na tisto, kar smo lahko dosegli. Pri grmih črnega ribeza pa smo se lahko sprehodili naokoli in pobrali vsak ribez.

„Ali lahko zdaj nekaj naberemo?“ Sandra je vprašala.

Zavrtel sem z glavo in upal, da ni zapravila naših možnosti.

„Rada bi se fotografirala z grmovjem črnega ribeza za vami. Pazite, da jih ne zmečkate ali odtrgate plodov in za božjo voljo, ne pojejte nobenega pred fotografiranjem, sicer boste imeli umazane roke in usta. Pravkar sem se spomnila. Zdaj počakajte tukaj, jaz pa bom za trenutek stopil noter.“

Sama, postavljena pred ribez, kot da bi nas klicala po imenu. Premaknile smo se. Čakale smo. Trudili smo se, da ne bi poslušali šepetajočih grmov črnega ribeza. Povabili so naju, da si ga izbereta. Da bi ga poskusili.

„To je noro,“ je rekla Sandra. Odprla in stisnila je pesti. Obrnila se je proti grmom črnega ribeza.

Tudi jaz sem se obrnil. „Strinjam se. Toda če počakamo na črni ribez, bomo s prodajo v enem popoldnevu zaslužili dovolj denarja.“

„Jasno,“ je rekla Sandra in si ogledala grozde sadežev. „Ampak jaz moram imeti enega.“

„Ne,“ sem rekel.

„Ampak ona ne bo nikoli izvedela!“

„Dobro, izberimo eno jagodo.“

„Ampak so tako majhne.“

Sandra je izbrala eno in tudi jaz sem jo izbrala. Potisnila sem jo v usta in zaradi sladke in kisle kislosti sem si zaželela še eno. In še eno. Nabrala sva jih za pest in jih vrgla v usta. Sok ribeza mi je prekril jezik.

Gospa Virginia se je vrnila na vrt.

Gotovo sva bila videti zelo zanimiva. Sandra s sokom, razmazanim po obrazu in obleki. Jaz sem skrival roke v žepih.

Gospa Virginija se na naju ni zamerila. Namesto tega je rekla: „O moj, poglej svojo lepo obleko.“ Potresla je z glavo. Odstopila je. „To je za danes vse, dekleta. Zdaj pa pojdite domov.“

„Ampak gospa Virginia. Kaj pa črni ribez?“

„Da,“ je rekla Sandra. “Žal nama je, da nisva počakali, ampak so naju klicali.“

Gospa Virginia se je zasmejala. „Spomnim se, kako so klicali mene in moje sestre.“

Spet je postala vsa žalostna in moj želodec je naredil tisto smešno stvar. „Kaj pa slike?“

Gospa Virginia nas je prosila, naj se usedemo na svoja mesta, in nato rekla: „Reci sir.“ Po nekaj fotografijah je vprašala: „Zakaj vas tako zanima moj črni ribez?“

Sandra mi je zašepetala na uho in strinjala sva se, da ji bova vse povedala.

„Gospa Virginia, zaslužiti hočeva dovolj denarja za izmenjavo zapestnic prijateljstva. Videli sva jih na tržnici, stale pa so četrtino za kos,“ je rekla Sandra.

„Gospa na tržnici jih izdeluje sama. Rekla je, da lahko naredimo obred prijateljstva in potem bomo najboljše prijateljice za vse življenje.“

Gospa Virginia najprej ni spregovorila. Namesto tega je odšla skozi vrata, mi pa smo ji sledili. Ustavila se je in se dotaknila obrazov sončnic, kot da bi bile rože stare prijateljice. Zdelo se je, da je zatopljena v misli.

Spraševala sem se, ali zahtevamo preveč, v zameno pa ponujamo premalo.

„Pojdite z mano,“ je rekla gospa Virginia in začela nabirati regrat. Ko je imela polne roke, jih je nekaj podala Sandri, nato pa jih je nabrala še več in jih podala meni. Ker še vedno ni končala, je nabrala še več regratov in jih držala na sprednjem delu svoje obleke. Usedla se je in naredila kupček tistih, ki jih je nabrala. Prosila nas je, naj svoje rože združimo z njenimi. Tudi midve sva se usedli, Sandra na eni in jaz na drugi strani.

Gospa Virginia je vzela en cvet, nato še enega. Opazovali smo, kako je v stebla vstavila noht in pustila, da je regratovo mleko steklo. Čeprav so se ji prsti lepili, jih je še naprej povezovala in ustvarjala niz regratov. En niz je končala, nato je začela drugega.

„Vidiš to mlečno snov?" Gospa Virginia je vprašala. Prikimali smo. „Kaj mislite, da je to?"

„Je to kri?" Sandra je vprašala.

Tudi sam sem se spraševal o tem, vendar tega nisem želel povedati, ker še nikoli nisem slišal za belo kri. Nisem si upal ugibati in sem raje skomignil z rameni.

„Ste že slišali za lateks?"

Zavrtele smo z glavo.

„Iz njega izdelujejo gumo."

„Misliš, kot je moja gumijasta žoga v Indiji?"

„Odskakuje zelo visoko!" Sandra je rekla.

„Ja, punce, imate jo. Zato je tako lepljiva." Nadaljevala je z nizanjem cvetov. „Ko smo bile stare toliko kot vi, smo jih s sestrami izdelovale."

„Kaj se je zgodilo z njimi, mislim s tvojimi sestrami?" Sandra je vprašala.

„So v nebesih," je rekla in začela tretjo cvetlično vrvico.

„Vsaj skupaj so."

Gospa Virginia me je pobožala po roki. „Za svoja leta si zelo zrela, kajne? Si rekla, da si pravkar dopolnila sedem let?“

„Rekla sem.“

„In ti, Sandra?“

„Tudi jaz sem stara sedem let.“

Gospa Virginia se je zazrla v nebo in nekaj trenutkov sva opazovali oblake, ki so pluli nad nama.

„Tisti je videti kot medved,“ sem rekla in pokazala navzgor.

„Tisti pa je videti kot velika kaplja ničesar,“ je rekla Sandra.

Zasmejala sva se. Gospa Virginia se je čudovito smejala. „Kdo je prvi?“ je vprašala, in ker sem ji bil najbližje, me je prijela za roko. Okoli mojega zapestja je namestila vrvico cvetja in sklenila krog: to je bila zapestnica. Enako je storila na Sandrinem zapestju, nato pa je okrog svojega zapestja sklenila tretji krog.

„Ah,“ je rekla gospa Virginia, ko je opazila, da ji je ostalo še kar nekaj regratov. Začela jih je nizati skupaj, dokler jih ni imela več. Vstala je. Tudi mi smo vstali.

Gospa Virginia je Sandri na glavo položila vrvico cvetja. „To se imenuje venec,“ je rekla. „Bi tudi ti želela enega?“

„Ne, hvala,“ sem rekla.

„Lahko bi ti naredila lepo ogrlico?“

Pogledala sem na svoje noge. „Ne bi rada porabila vseh regratov. Potrebuješ jih za vino.“

Sandra je prekrižala oči in iztaknila jezik.

Gospa Virginia se ni zmenila za Sandrino potegovanje obraza.

„Oh, nič hudega,“ je rekla gospa Virginia. ‚Nekaj mi jih je ostalo od lanskega leta,‘ in začela nabirati. Pridružili smo se ji in s skupnim delom nas treh sem kmalu nosila čudovit sončni brezrokavnik. Ko sem se vrtela, se je vrtela tudi ona.

Zadovoljni s svojimi okraski se nama s Sandro ni mudilo oditi in popoldne sva preživeli ob puljenju plevela in urejanju vrta.

Ko je bil skoraj čas za večerjo, sva rekli, da morava iti.

„Počakajte tukaj samo trenutek," je rekla gospa Virginia. Vrnila se je s krpo za umivanje, skledo, polno vode, in žepnino. „Ali lahko?

Ko je Sandra prikimala, je gospa Virginia pomočila krpo v vodo in odstranila madež s Sandrine obleke. „Osušil se bo, medtem ko boš hodila domov." S krpico je obrisala naše roke in obraze.

„Hvala," sva rekli.

„Oh, in še nekaj," je segla v žepnino in nama podala dva drobiža.

Navsezadnje sva si lahko kupili zapestnice prijateljstva!

Brez oklevanja ali posvetovanja sva jih hvaležno zavrnili.

Zdi se, da se gospa Virginija ni zmenila za to. „Se vidimo naslednje leto," je rekla, preden je zaprla vhodna vrata.

Prazen voz smo vlekli po luknjasti cesti, pri tem pa smo skrbno držali ročaj, da ne bi poškodovali zapestnic.

„Morda naslednje leto?" Sandra je vprašala.

„Ja, morda naslednje leto," sem odgovoril. „Zdaj pa pojdimo po tisti hlebec kruha."

Sandra je segla v žep. Drobiž se je vrtela naokoli. „Ne pozabi na bananin sladoled."

Ob prihodu v trgovino na vogalu sva spustila ročico in brez pomisleka na staro gospo Macguire odhitela v notranjost.

EPILOG

Sedeminštirideset let pozneje sem se z najstniškim sinom vrnil na to ulico in kot si lahko predstavljate, se je marsikaj spremenilo. Nekatere so se spremenile na bolje, druge ne.

Ulica ni bila več slepa ulica. Bila je popolnoma asfaltirana in razširjena, tako da ni bilo več jarkov. Večina hiš je bila obnovljena z lesenimi in aluminijastimi oblogami. Nekaj jih je imelo pritrjene satelitske krožnike.

Zdaj, ko je bila ulica odprta, so prostor zapolnili nova cesta, veliko hiš, stolp mobilne telefonije in hidroelektrarna.

Hišo gospe Virginije so podrli in jo preuredili v enote. Zadnji vrt je bil tlakovan v parkirišče.

Hiša stare gospe Macguire je videti skoraj enako, čeprav so zavese zamenjali s kalifornijskimi žaluzijami.

S Sandro sva šli vsaka svojo pot, ko se je njena družina preselila na sever. Leta 1975 se je vrnila domov in šla sva gledat film *Čelisti*. Potem sva izgubila stike.

Moj rdeči kombi je prešel na moje brate in sestre, nato pa na moje sestrične in bratrance. Če bi lahko govoril, bi lahko povedal veliko čudovitih zgodb.

Že ob omembi črnega ribeza se še vedno vrnem v poletje '67.

NAJSVETLEJŠA ZVEZDA

Bil je pozen večer in mlad par je stal pod odejo prostega nočnega neba. Za njima je meje varoval zid dišečega zimzelenega drevja.

Pod polno luno sta se William in Linda prizemljila tako, da sta se držala za roke, čeprav so njune oči in duha prežemale zvezde.

Polnočno nebo je nad njima široko razprlo svoje roke. V objemu temne noči sta počasi plesala na izbrani repertoar severnega drozga, medtem ko so se zvezde in ognjeniki prerivali za pozornost.

Zakonca sta se počutila, kot da sta edina živa bitja, ki sta ostala na zemlji. Skupaj sta bila na robu sveta, opazovala sta in poslušala, poročena z nebom in po tem, ko je kosec odletel, s spodbudnimi zvoki tišine.

Dokler ni vzplamtela ena sama zvezda, ki je bila tik pred njima in je opozarjala nase. Padajoča zvezda. Padala je. Preko neba si je utirala pot. Sipala je v nevidnem električnem toku, ki je pospeševal in padal.

„Poslušajte, ste slišali?“ William je vprašal.

„Da, zvenelo je, kot da angeli ploskajo s krili,“ je odgovorila Linda.

Opazovala sta, kako je napredoval, spremenil smer in nato izginil za oblakom. Zaradi izkušnje, ki sta jo doživela, se je par počutil, kot da sta del nečesa večjega, nečesa nezemeljskega.

Vsi smo se rodili iz zvezdnega prahu. Povezani za vedno, živi in mrtvi.

Ko zvezda ni bila več vidna, se je par usedel skupaj in čakal, da se zgodi še nekaj drugega. Nobeden od njiju ni spregovoril, saj sta se spominjala, mešala občutke in zaznave. Ta trenutek sta za vedno uokvirila v svojih mislih.

Linda in William sta zagotovo vedela, da je ključ do tega ključa narava. V dneh, ko se je vse zdelo nemogoče, ko življenje ni bilo mogoče živeti, ju je duhovna povezanost z elementi zdravila. Dala jima je upanje ter dvignila njuno srce, um in telo.

„Si si kaj zaželel?“ Linda je vprašala, ko je jata kanadskih čiger s trobenjem prečkala nebo.

„Ne, jaz te že imam,“ je odgovoril William in Lindo prijel v naročje. Mladi par je še naprej gledal v nebo, dokler se goske niso več videle in slišale.

Linda in William sta skupaj preživela že toliko, a kljub temu je bilo drug drugemu dovolj.

„Veš, s teboj, William, bi lahko tu sedela celo večnost in pustila, da bi svet šel mimo. Ne zdi se mi, da bi kaj zamudila, in všeč mi je, ko je svet tih in je skoraj tako, kot da sva ti in jaz na svojem otoku.“

William jo je še tesneje objel in Linda je zdaj udobno sedela v njegovem naročju.

Ko sta si segla v roke, se je v daljavi oglasila sirena. Za trenutek je vdrla v njun mali svet, dokler ni William s šepetom začel recitirati svojo najljubšo pesem Walta Whitmana:

*„Ko sem poslušal učenega astronoma, ko so bili dokazi, številke, razvrščeni v stolpce pred mano, ko so mi pokazali tabele in diagrame, da sem jih seševal, delil in meril, ko sem mešal astronoma, kjer je predaval z velikim aplavzom v predavalnici, kako kmalu sem postal utrujen in bolan, dokler se nisem dvignil in zdrsnil ven, sem se sam potepal v mistični vlažni nočni zrak in od časa do časa, v popolni tišini gledal zvezde.“**

V daljavi se je oglasila sirena in prekinila trenutek. Sledila je druga in tretja. Odmevi so raztrgali mir, vendar le za kratek čas, kot je to storila zvezda. Ena je kričala, druga je gorela. Oba sta morala hitro priti nekam. Prvi je bil grd, surov zvok, ki je pomenil nevarnost in kaos. Sočlovek je takoj potreboval pomoč. Drugi, zvezda, čudovita angelska krila, ki so plapolala in umirala. Konec.

Takšno je življenje in takšna je smrt. Vsi končamo enako, ne glede na to, koliko kričimo in kako zelo se trudimo, da bi izstopali, da bi bili koristni.

Par je ostal sedeti, popolnoma izgubljen v trenutku. Delila sta si vsak dih, medtem ko se je okoli njiju odvijala noč. Cvrčali so črički in brenčali komarji. Drevesa so godrnjala in izražala svoje ogorčenje nad vetrom, ker jih je prezgodaj zbudil.

Linda se je spomnila dneva, ko je prvič srečala Williama. In je bil v srednji šoli in stara sta bila šestnajst let. Linda je bila novinka iz vojaške družine, ki se je ves čas selila. Kljub temu ni imela nikoli težav s prilagajanjem ali sklepanjem prijateljstev, saj je bila prijetna in lepa in ljudi je privlačila. Ko je prvič videla Williama na nogometnem igrišču, je vedela, da je pravi zanjo. Pogledal je v njeno smer, se nasmehnil in jo čez nekaj časa povabil na zmenek. Kmalu sta bila zaljubljenca, srednješolska zaljubljenca. Usojeno jima je bilo, da bosta za vedno skupaj.

William je bil edinec in njegova prva ljubezen je bil šport. Upal je, da se bo po maturi brezplačno vpisal na eno od najboljših univerz z nogometno štipendijo. Ko ni treniral, je igral. Ni bil učenjak, daleč od tega, vendar je občudoval zahtevno delo in odlično ocenjeval značaj. Nekega dne je opazil Lindo, ki se je trudila odpreti ključavnico na svoji omarici. Ponudil ji je pomoč, vendar se je odprla takoj, ko jo je prosil. Po tistem dnevu jo je želel povabiti na zmenek, vendar tega ni storil vse do dne, ko sta si na nogometnem igrišču izmenjala poglede. Ko se mu je nasmehnila, je vedel, da je ona tista prava.

Na žalost sta se njuni poklicni poti razšli. Oba sta se poslovila s solzami v očeh. Oba sta obljubila, da se bosta vsak konec tedna vračala domov in vsak dan ohranjala stike. Sprva sta si pisala in klicala vsak dan, nato sta se spremenila v vsak drugi dan in nato vsak teden. Vendar je bilo vse v redu, saj sta še vedno prihajala domov vsak konec tedna, da bi se videla in bila skupaj. Oddaljevanje in ponovno zbliževanje ju je okrepilo in povezalo.

Potem se je nekaj zgodilo, a nobeden od njiju ni vedel, kaj to je. Morda sta bila preveč zaposlena ali pa je to, da sta bila ločena, postalo nova norma.

Ker sta si želela družbe drug drugega, a je nista mogla imeti, sta se začela videvati z drugimi ljudmi. Dogovorila sta se, da se bosta videvala z drugimi ljudmi, da bi tako rekoč preizkusila vodo.

William je enkrat ali dvakrat hodil na zmenke, a ne glede na to, koga je videl, je mislil samo na Lindo. Spraševal se je, kaj počne in s kom je. Skušal se je izogniti skrbi, ko so ljudje govorili o njej ali jo videli na zmenku, vendar mu je bilo vseeno - ljubil jo je - bila je zanj vse -, toda če je bila srečna, je bil dovolj moški, da se je umaknil in ji dal čas, da ugotovi tisto, kar je že vedel.

Tudi Linda je hodila na zmenke, bila je čudovita in pametna. Williama in misli nanj je skušala izriniti iz misli. Poskusila je vse, hodila je s fanti, ki so bili drugačni od Williama, vendar ji je vedno nekaj manjkalo. Ko je slišala, da se videva z drugimi ženskami, je dvignila brado in rekla: „Če lahko on, potem lahko tudi jaz.“ Ena od njenih prijateljic, ki si je na skrivaj želela Williama zase, jo je zavrnila in Linda se je še naprej videvala s fantom, za katerega je vedela, da ni zanjo. Pravzaprav se nobeden od fantov ni mogel kosati z Williamom, saj je ljubila njega in samo njega. Njeno srce ni moglo ljubiti nobenega drugega.

Potem je šla domov in tudi William je bil doma, stekla sta drug k drugemu, tako kot igralci v filmih, in si prisegla, da ko bosta diplomirala, se ne bosta nikoli več ločila. In tako se je tudi zgodilo.

Petnajst let pozneje sta bila še vedno poročena. Še vedno skupaj.

Tudi ko sta izgubila službo. Delo v istem podjetju je imelo svoje prednosti, a ne takrat, ko je šlo gospodarstvo na slabše in je bilo zadnje v prvem, zunaj. Linda je bila odpuščena prva, zato je skušala najti drugo službo, vendar sta se z otrokom na poti odločila, da ostaneta v istem podjetju, pri čemer je William delal za polni delovni čas in imel vse zdravstvene ugodnosti, Linda pa je ostala doma, dokler ni bil njun sin dovolj star za obiskovanje vrtca (ki ga je imelo podjetje na lokaciji).

Namesto da bi se gospodarstvo izboljšalo, se je poslabšalo in kmalu je bil brezposeln tudi William. Oba sta opravljala priložnostna dela, kjerkoli in kadarkoli sta lahko, in si razdelila skrb za sina, saj bi bilo najemanje varuške predrago in sta potrebovala vsak cent, da sta lahko še naprej plačevala hipoteko.

Ko nista našla nobene zaposlitve, sta izgubila dom. Tako kot vsi njuni prijatelji sta ga vzela v hipoteko in nato ostala brez strehe nad glavo. Nekaj mesecev sta živela v avtomobilu, dokler ju niso izsledili upniki in jima zasegli tudi tega.

Ostali so skupaj, močni. Držala sta se drug drugega.

Ko sta izgubila sina, je bilo vse na preizkušnji. Brez zdravstvenega zavarovanja, brez doma, brez naslova. Virus, gripa, pljučnica in neke noči ga ni bilo več.

Njegova izguba ju je skoraj spravila čez rob. Ko so ju valovi obupa potegnili navzdol, sta se zibala in zibala, steklenice alkohola za samozdravljenje pa so ju za nekaj trenutkov dvignile, nato pa vrgle v kanalizacijo in ju skoraj raztrgale. Zdaj sta imela le še spomine na svojega fanta in fotografijo, uokvirjeno v plastično režo na sredini blazine, ki sta jo nosila v nahrbtniku z oblačili, toaletnimi potrebščinami in rolico toaletnega papirja.

Nato sta odkrila povezavo s sinom prek narave. Hodila sta vedno višje in višje ter čutila njegovo prisotnost v povezavi z nebom. Nista potrebovala hrane, ko pa sta jo potrebovala, sta nekaj našla v naravi. Kopali so se v potokih, jedli jabolka in gozdne jagode. regrat in divje šparglje. Ščipalke in ščebelje glave. Vodna kreša in severni divji riž. Vse te dobrote so lahko poiskali in pripravili, ne da bi imeli kaj pri roki. In voda, srkali so jutranjo roso z listov dreves, ob dežju pa so odprli usta proti nebu in se napili do sitega.

In našli so ta kraj, visoko nad mestnimi lučmi. Daleč od skušnjav in zvočnega onesnaženja. Obkrožena z naravo, kjer sta lahko bila popolnoma skupaj. Na kraju, kjer se jima ni bilo treba skrivati pred bolečino, kjer jo je narava vsrkala namesto njiju, v njiju.

Kjer ju je lahko preprostost spuščajoče se zvezde očarala in jima v enem samem trenutku, v smrti nočne zvezde, vrnila sina.

„Bolje bi bilo, da se naspimo, jutri je velik dan," je rekel William, ko je razširil roke in zijal.

„Ne bi rad videl, da bi se to končalo."

Po travi je poskakoval zajec in se tu in tam ustavil, da bi povohal zrak. V želodcih jima je brbotalo, vendar nobeden od njiju ni bil pripravljen vzeti življenja za hrano.

Linda je segla v nahrbtnik in izvlekla blazino. Poljubila je sinovo fotografijo in William je storil enako.

William je polepšal mesto zase in nato še mesto za Lindo.

Linda je počepnila blazino. Položila ga je na tla in se z licem naslonila na sinovo fotografijo. Enako je storil tudi William.

Stisnila sta se tesno drug k drugemu kot dve žlici.

Ker je bil William zadaj, je previdno razgrnil strani časopisa. William je papirje držal tesno ob prsih in jih varoval, kot bi bili dragocenejši od zlata.

Ko se je zrak spet umiril, je William Lindo prekril s prvo in drugo stranjo, nato pa se je lotil prekrivanja tretje in četrte strani.

Stisnila sta se k sebi. Tako tesno, kot sta si lahko dva človeka sploh kdajkoli.

„Lahko noč,“ je rekel.

„Noč, ljubezen,“ je odgovorila.

*Ko sem slišal učenega astronoma, Walt Whitman, 1865

MARGARETINO RAZODETJE

Pomlad je bila v zraku. Margaret se še vedno ni mogla izvleči iz zagate.

Ko so jo občutki premagali, se je Margaret objela, ker ji nihče drug ni ponudil objema. Njeni prijatelji so rekli, da se izgovarja. Morala bi spregovoriti. Prositi, ne *zahtevati*, kar potrebuje. Rekle so, da ne bi smela pričakovati, da bo njen mož imel epilepsijo.

V takih trenutkih se je Margaret zvijala v namišljeno kosmato kroglo, kot mama medvedka. Nato se je raztegnila in zijala, kot bi se prebudila iz dolge zimske hibernacije.

Še eno pijačo, so rekli, kot da bi se z napitjem stvari izboljšale.

Margaret je hrepenela po novem začetku. Sezonski preporod, v katerem bi se lahko ponovno povezala s svojim bistvom.

***

Ob petih zjutraj so se ptice v zahodnem predmestju Toronta ob jezeru Ontario vrnile z zimskih počitnic. Nekaj jih je ostalo skozi vse leto - te je imela za svoje prijatelje v vseh vremenskih razmerah. Že so razgalili grm robid. Da bi jih privabila nazaj, je Margaret napolnila krmilnice s semeni črne oljne sončnice.

Pozimi je bil repertoar ptičjih glasov zelo raznolik, od modrih sojev do kardinalov, golobov in kobilic. Margaret je vsako jutro v tišini čakala, da bi slišala, kako prinašajo nove dni. Osvežena po telesu in duhu je zaprla oči in spet zaspala. Dokler je niso zbudili nesoglasni glasovi.

To je bil njen najstniški sin proti njenemu možu. Čeprav sta bila iste krvi, so se njuni hormoni borili za prevlado in se spopadali - še posebej zjutraj.

Margaret in Michael Lindstrom sta se poročila pred trinajstimi leti in kmalu zatem se jima je rodil sin, zdaj trinajstletni. Nekateri so rekli, da se *morata* poročiti, vendar se to ni nanašalo nanju.

Spoznala sta se na zmenku na slepo in se takoj ujela. Michael je bil vodilni delavec v prometni industriji. Margaret je delala v dveh službah, medtem ko je obiskovala kolidž in si prizadevala za diplomo iz grafičnega oblikovanja.

Michael je delal dolge ure. Ker je Margaret študirala in opravljala dve službi, se nista videvala pogosto. Ko pa sta se videla, so preskočile iskrice. Ljubezen je bila v zraku. Tujci so pristopali k njima in komentirali, kako zaljubljena sta videti, in ko sta se sprehajala za roke, sonce ni nikoli nehalo sijati.

Margaretine prijateljice so ji zavidale, da ima stalnega fanta, in bile zaskrbljene. Zaradi natrpanega delovnega urnika so imele komaj kaj časa za spogledovanje, kaj šele za popolno razmerje s starejšim moškim.

„Samo zabavajte se brez pričakovanj,“ je svetovala Annabelle, čeprav je sama v izogib zapletom imela politiko odprtih vrat, ki ji je omogočala, da je partnerja zamenjala kar naenkrat.

„Ampak on mi je všeč. *Resnično* ga imam rada,“ je odgovorila Margaret.

„Če ti je usojeno, lahko počaka do diplome,“ je rekla Lizzy, ki je bila v igri za univerzo na dolgi rok. Opravljala je dodiplomski študij astrofizike, nato je nadaljevala z magisterijem znanosti in se še vedno odločala, katero stopnjo študija bo opravila po diplomi. „Je star, vendar ne starodaven, in ni verjetno, da bo kmalu odnehal.“

Je prijazen, nežen in premišljen. Poleg tega me je povabil na službeni nastop, da bi spoznala njegove sodelavce. Pravi, da me želi pokazati.“ Nasmehnila se je.

„Že tako imaš dovolj dela z dvema službama in pridobivanjem diplome,“ je ponudila Annabelle. „Da ne omenjam, da si še premlada, da bi se vezala. Razen če sta oba navdušena nad tem.“ Posmehnila se je in z Lizzy cvrknila s kozarci.

„Mislim, da bi lahko rekla ne,“ je dejala Margaret in v svoj kozarec dodala še nekaj vina.

„Tega pa ne želiš storiti,“ je rekla Lizzy. „Jaz pravim, da pojdi. Spoznaj vse dolgočasne ljudi, s katerimi dela vsak dan. To te bo zagotovo rešilo vseh iluzij, ki jih imaš o njem - če ne bo nič drugega.“

Margaret je zavzdihnila in se vrnila k učenju. Ni bil tako star in ni se obnašal staro. Sedemletna razlika je bila dandanes nič.

Pozneje je šla z Michaelom na večerjo, kjer je spoznala nekaj njegovih sodelavcev. Bila je bližje njihovi starosti kot Michael, vendar se je z vsemi dobro razumel in presenetljivo se je tudi ona prijetno zabavala. Všeč ji je bilo, ko jo je Michael predstavil kot svoje dekle. Ko je to rekel, jo je pogledal, kot da bi pričakoval, da bo to zavrnila, namesto tega pa ga je prijela za roko. Zelo ji je bilo všeč, da je del njegovega življenja.

Kmalu po delovnem nastopu je Michael povabil Margaret, naj se mu pridruži na službenem potovanju zunaj mesta. Rekla je ne, vendar jo je nato skušnjava obiska Seattla v Washingtonu prisilila, da je podvomila o svoji odločitvi. Navsezadnje bi še vedno lahko študirala in odmik od vsakdanje rutine bi bil dobrodošel. Če bi odšla, bi se po vrnitvi zares posvetila knjigam.

„Vsi stroški so plačani,“ jo je prepričal Michael. „Čez dan me ne bo doma ... imela boš dovolj časa za učenje ob bazenu in v masažni kadi.“

Zavrtela je z glavo, vendar je lahko opazil, da slabi.

„In letimo v poslovnem razredu.“

No, to je bilo to. Spakirala je torbo in odpotovala sta v Seattle, kjer je podnevi študirala. Nekega večera sta gledala tekmo Marinersov, drugega pa šla v rock klub Tractor Tavern. Poslušala sta predavanje Billa Clintona v Seattle Centru. Povzpela sta se na Space Needle, si ogledala Chihulyjev vrt in obiskala Muzej pop kulture. Bilo je, kot da sta na medenih tednih; ljubezen je bila v zraku in zasnovala sta Tommyja.

Margaret in Michael nista govorila o otrocih. Margaret ni vedela, kako naj se tega loti. Razmišljala je o splavu, vendar ni bilo v njej, da bi prizadela nekoga, ki se ni odločil, da se rodi. Michaela je povabila na večerjo in odprla to temo.

„Želim si družino, veliko otrok,“ je rekel.

Nasmehnila se je.

„Vendar se ne vidim kot tip, ki bi se poročil,“ je odvrnil. „Če pa bi bil vpleten otrok, bi razmislil o poroki. Vsi otroci si zaslužijo najboljši možni začetek.“

„Mislim, da sem noseča,“ je odvrnila.

Najprej je bil tiho, nato pa je skočil pokonci in jo objel. Rekel je, da morata to vedeti zagotovo. Dogovorila se je za obisk pri svojem zdravniku. Ko je potrdil, kar je že vedela, sta se prilepila drug na drugega in jokala kot idiota. Še zdaj, ko je pomislila na tisti dan, se je morala boriti proti solzam.

Ko je jutranja slabost prevzela njeno življenje, je opustila študij. Zdi se, da se je število zamujenih ur kopičilo. Ko je bilo jasno, da bo morala ponavljati celoten letnik, si je Margaret vzela dopust in vse svoje moči usmerila v prihodnost. Do prihoda otroka je bilo treba postoriti še veliko stvari. Prodali so njegovo stanovanje. Kupila sta hišo v predmestju in se na hitro poročila na matičnem uradu, da bi bilo vse skupaj uradno.

Kmalu novopečena mamica je dneve preživljala tako, da je njun dom postal domač. Ko sta izvedela, da se jima bo rodil deček, je Margaret s polno paro začela ustvarjati čudovito otroško sobo. Izbrala sta športno temo, bejzbol, hokej, košarko. Tudi nogomet.

Vse športne dejavnosti, ki sta jih z Michaelom z veseljem spremljala na televiziji z ravnim zaslonom.

Ko je bil Michael v službi, je Margaret včasih pripravila pladenj s hrano, kot so sladoled, zelena, gobe in salsa. Potem se je usedla pred televizor, otroku predvajala pomirjujočo glasbo in mu brala. Margaret je izgubila občutek, kolikokrat je svojemu malčku prebrala knjigo *What to Expect When You're Expecting*. Zanjo je bilo to kot biblija za dojenčke, deljenje znanja pa je še dodatno okrepilo njuno povezanost.

Nekega sončnega popoldneva se je s seznamom najljubših knjig, ki jih je imela rada kot majhna deklica, odpravila v lokalno knjigarno rabljenih knjig. Marka je pozabila vprašati, katere so bile njegove najljubše knjige, vendar nikoli ni bil velik bralec. Potrebovala je dva izleta, da je vse knjige prinesla v notranjost. Usedla se je na sedežno garnituro in pred seboj postavila škatle s knjigami. Ni mogla verjeti, da je našla vse! Celo Pokey Little Puppy, ki je bila prva knjiga, ki se jo je sama naučila brati. Prelistala je tudi izvode knjig Charlotte's Web, Anne of Green Gables, Curious George, The Bobbsey Twins, Heidi in celotno serijo Harry Potter. Mark se je zasmejal in rekel, da bi bilo bolje, če bi investirala v knjižno polico. On je naredil več kot to, sam jo je zgradil in rekel, da v sinovi spalnici ne bo nobenega pohištva.

Kmalu je prišel Tommy in bil je najlepša umetnina, kar jih je kdajkoli videla. Včasih ni mogla verjeti, da sta ga ustvarila z Michaelom. Njeno srce je bilo vse večje, nikoli ni vedela, da lahko koga ljubi bolj, kot je ljubila Michaela: in imela ga je zelo rada.

Michael si je takoj želel imeti drugega otroka, vendar druga nosečnost ni bila v igri. Tommyjevo rojstvo je bilo težko in zdravnik jima je svetoval, naj ne poskušata še enkrat. Michael se je strinjal, da ni vredno tvegati, in s tem se je strinjal, vsaj tako je rekel. Margaret mu ni verjela, čeprav je bil v preteklosti vedno iskren.

Spet so se razlegli glasni zvoki v pritličju, kar je Margaret potegnilo iz glave in jo vrnilo v realnost. Najprej je kričal Tommy in udaril po omari, nato mu je Michael zabrusil in stvari so se hitro stopnjevale. Prepirala sta se o najbolj smešnih temah. Nobeden od njiju ni bil jutranji človek ... in tudi ona ne.

Samo eno preprosto jutro miru in tišine je bilo vse, kar je potrebovala, da se je vrnila v ustaljene tirnice.

Margaret je razmišljala, da bi vstala, vendar je to zavrnila. Počakala bo, da jo bosta prosila za pomoč. Neizogibno *jo bodo prosili.*

Tommy je vstopil v njeno sobo. Namesto da bi se umiril, je zakričal: „Ali spiš, mami?“ Počakal je sekundo ali dve, da se je prebudila.

„Da,“ je vedno odgovorila in si podrgnila utrujene oči, čeprav bi bilo nemogoče zaspati med hrupom.

Zdaj, ko je imel njeno pozornost, je zaklical: „Mami, ne morem najti svoje športne majice.“

Nasmehnila se je, saj jih je vedno pospravila na povsem isto mesto, vendar tokrat tega ni omenila. Kakšen je bil smisel? „So v tvoji omari, ljubi.“

„Soooo, NE!“ je rekel, čemur je sledilo topotanje, umik in treskanje z vrati.

Začela je šteti: ena Mississippi, dve Mississippi, tri Mississippi.

„Našel sem ga! Hvala, mami! Ves čas je bil tukaj.“

Margaret se je zleknila pod odejo in ponovno zaspala. Dokler se njen mož Michael ni vrnil v njuno sobo. Sledil je strogemu režimu. Najprej stranišče, nato umivanje rok, umivanje zob, nitkanje, strganje jezika z občasnim in zelo slišnim grlenjem (zaradi katerega si je pogosto pokrila ušesa z blazino). Sledil je petnajstminutni tuš, britje, ponovno umivanje zob, sušenje, ličenje, kolonjska voda. Vse do sekunde natančno odmerjeno.

Ko je končal, je na široko odprl vrata in vroča para je uhajala, še preden je vstopil v sobo. Opazovala ga je, kako prečka tla, kot bi sledil begajočemu duhu. Vonj njegove kolonjske vode in tople pare jo je uspaval in kmalu je spet zaspala.

„Margaret, si videla zapeto manšetno gumbnico?“

Dvignila je glavo. „V zadnjem času ne,“ je odgovorila, ko je brskal po zgornjem predalu, ne da bi ga zaprl do konca. Nato je odprl srednji predal in ga pustil delno odprtega. Nazadnje je do konca izvlekel spodnji predal. Omarica je spominjala na stopnice, vendar je bila nevarna, saj se je lahko vsak trenutek prevrnila. Predstavljala si je, kako gre Tommy mimo in celotna komoda pristane na njem. Groza pred tem, kaj bi se lahko zgodilo, jo je raztrgala do kosti. Če bi ga morala izvleči od spodaj ... ali bi imela dovolj moči? Kaj če ... Skočila je iz postelje in zaprla vsak predal.

„To sem nameraval storiti,“ je rekel Michael, ko je na poti ven za seboj zaloputnil vrata.

Ker je bila že pokonci, se je pritiskala na hrbtno stran zaprtih vrat, dokler ni Tommy od spodaj poklical: „Mami, ne morem najti kosila!"

„Je v tvoji škatli za kosilo, na drugi polici na desni strani hladilnika."

„Ne, ni," je odgovoril.

„Že grem," je rekla, ko je prijela za ročaj vrat, a še preden jih je uspela odpreti, je poklical: "O, zdaj ga vidim! Hvala, mami."

Ko se je vrnila v svojo sobo, je zamrmrala *Ni zaželeno*, saj je črna vrzel pod posteljo vabila. Lahko bi zdrsnila naravnost pod njo, kjer ji ne bi delalo družbe nič drugega kot prašni zajčki. Pod njo bi ustvarila svojo lastno supermoč - zaščitni ščit iz teme, ki bi odganjal glasne jezne glasove.

Glasovi, ki so se približali, so odločili, da se bo odločila, in zlezla je v temen prostor. V prijetnem okolju sta se njeno dihanje in srčni utrip upočasnila. Zaprla je oči, se zravnala, nato pa z roko segla navzgor, odejo potegnila na tla in jo povlekla pod in čez celotno telo, kot bi si zgradila trdnjavo.

Michael se je vrnil v njuno sobo. „Hon?" je rekel.

Tommy se je ustavil pred vrati: „Morda je v kopalnici?"

Michael je preveril, nato pa pogledal na posteljo.

„Ni je spet pod njo, kajne?" Tommy je zašepetal.

„Poglejmo," je slišala Michaelov odgovor.

Spustila sta se na tla in pokukala v temo. Pod odejo sta zagledala nekaj gibanja. Michael je pogledal svojega sina, nato pa si je s prstom pritisnil na ustnice. Ta je prikimal,

vesel, da je očetu dovolil, da prvi spregovori.

„Dragi," je Michael rekel s pomirjujočim glasom, "ali bi lahko odnesel moje hlače in srajce v čistilnico?" Odprl je usta in jih nato spet zaprl.

Uboga Margaret ni mogla verjeti, da ji daje seznam opravil in se z njo pogovarja, kot da se vsak dan svojega življenja skriva pod posteljo. To jo je naravnost razjezilo.

Ni razumel namiga, zato je nadaljeval: „Oh, in pozabil sem te vprašati, ali lahko konec tedna povabim nekaj prijateljev. Danes zvečer. Na majhno zabavo. Na zabavo osmih ljudi, vključno z nama. Se opravičujem za tako kratko obvestilo. Hotel sem te vprašati konec tedna."

Tommy je naredil korak, da bi se pridružil materi v njenem osamljenem kokonu. Namesto tega je odnehala in si utirila pot ven. Zravnala se je in se oprala. Gledali so jo, vendar

niso ničesar rekli. „Zdaj pa pojdite dol," je rekla in še vedno držala toplo odejo.

Michael je pogledal na uro.

„V redu sem, popolnoma v redu. Čez minuto bom tam, prosim." Odejo je položila nazaj na posteljo.

„Okej," sta odgovorila in odšla.

Ko sta odšla, je segla čez posteljo. Izklopila je električno odejo na moževi strani. Ko si je oblačila haljo in copate, si je predstavljala, da je pozabila izklopiti njegovo odejo. Bi hiša zgorela? Verjetno. In za to bi bila kriva ona. Vedno je bila za vse kriva ona.

Zaprla je plašč in si v ogledalu popravila lase. Z Michaelom se je morala pogovoriti o večerji. Osem ljudi. Danes zvečer. Vsaj ni bilo tako slabo kot zadnjič, ko jih je bilo dvanajst, ali pred tem, ko jih je bilo osemnajst. Kljub temu ga je ob drugih priložnostih, kot je bila ta, že tolikokrat prosila, naj ji da več časa za obvestilo. Zadnjič, ko je končala vse - no, skoraj vse - si ni imela časa nalakirati nohtov. Michael je na to nerodno opozoril pred gosti in celo njun sin je imel dovolj čustvene inteligence, da je spremenil temo, preden je izbruhnila v solze.

Na hodniku so njeni zajčji copati med hojo povzročali iskre in ji povzročali pretrese, ko je na poti pobirala nogavice, spodnje perilo in manšetne gumbe. Koščki so ji ostali kot sled, ki jo je vodila po stopnicah navzdol, kjer so jo čakali.

Zdaj je stala na hodniku, ki je vodil v dnevno sobo. Ko je stopila v notranjost, je videla in slišala moža, ki je hrustal toast, medtem ko je v roki držal skodelico čaja. Poleg njega je bil Tommy, ki je grizljal riževe štruklje in si izpuščal usta. Med njegovimi nogami so se nabirale kapljice mleka in žitnih ostankov, ki so se ob udarcih na preprogo razlegale.

V mislih si je zapisala, da bo po njunem odhodu vrgla preprogo v sušilni stroj, in si oddahnila, da je tkanina na tleh pobrisala tekočino, namesto da bi obarvala po njenem mnenju zadnjo čisto šolsko srajco njenega sina. Dodala je še drugo miselno opombo, naj mu naroči nekaj novih srajc - tako hitro je rasel, da je bilo težko slediti njegovemu naraščaju.

„Dobro jutro,“ je rekla Margaret, ravno ko je Fred Flintstone zakričal: *Wilma!*

Njena družina je potrdila njeno prisotnost s pogledom v njeno smer, nato pa so se vsi skupaj začeli smejati, ko sta Barney in Fred nadaljevala s svojimi običajnimi norčijami. Vsaj oni so se razumeli. Pri Flintstonovih so se strinjali.

Ko je bil reklamni premor, je rekla: „O tej večerji, Michael.“ Zmanjšal je glasnost na sprejemniku. Tommy je protestiral, potem pa je do konca pojedel kosmiče.

„Še enkrat se opravičujem za to,“ je rekel njen mož. „S svojim šefom sem se pogovarjal ob koncu tedna na igri za golf. Ne vem, kako se je znašel tukaj, toda naslednje, kar sem vedel, je bilo, da sem vodil ta prekleti dogodek. Ni treba, da je dogodek s črno kravato ali kaj podobnega. Trije hodi in sladica so dovolj.“

„Kdo so naši gostje? Kakšno hrano imajo radi? Imajo kakšne alergije? Ali so vegetarijanci?“ Ustavila se je. „Zakaj ne bi prižgali žara?“

„Ne, ideja o žaru je odlična za druženje ob koncu tedna, ampak to je poslovno motivirano.“

Zavzdihnila je.

Nadaljeval je: „Moj šef in njegova žena, Jim in Dave iz marketinga, Lucy in njen mož William iz pravne službe. Mislim, da je Lucy morda vegetarijanka ali veganka. Lance iz finančnega oddelka in njegova žena - še je nisem srečal. Je novinec v naši ekipi.“ Pogledal je na uro in poskočil.

Margaret ga je prijela za rokav. Vanj je vstavila manjkajočo manšetno zapestnico, nato pa se je v upanju, da bo dobila poljub, stisnila neposredno pred moža.

Michael je za trenutek okleval, preden je dal Margaret nekaj, kar bi nekateri lahko označili kot poljub - ona pa ne. Bolj je bil to kljun, ki ga je dobil v hipu, ko se je peljal mimo. Usta para so se komaj dotaknila.

Preden je Margaret uspela spregovoriti, je Mark za seboj zaloputnil vrata.

Spet se je objela z rokami. Za trenutek ali dva se je zdelo, da jo bo Tommy objel. Razprla je roke, on pa je v zameno iztegnil svojo roko v njeno smer z odprto dlanjo, obrnjeno navzgor. Prekrižala je roke, ko je začel s prodajnim nastopom 101.

„Vidiš, mami, danes je dan burgerjev - dva za enega - in potrebujem denar. Denar je namenjen za dobrodelne namene in ta teden sem že porabil vso svojo žepnino.“

„Kaj pa kosilo, ki sem ga pripravil?“

„Ni problema, pojedel ga bom na odmoru.“

Margaret ga je potrepljala po glavi in nato odšla v kuhinjo, kjer je na kljuki visela njena torbica. Ko je segla vanjo, je pogledala, v kakšnem stanju je njena kuhinja. Kakšen nered! In to je morala vse urediti za večerjo, ki je bila danes zvečer na sporedu. Ni problema!

Imela je le bankovec za deset dolarjev, ki ga je položila v njegovo še vedno čakajočo roko. „Prinesi mi drobiž,“ je rekla, ko je s trdnim zaloputnjenjem vrat zapustil hišo.

V dnevni sobi so *Flinstonovi* zaključili z „You'll have a gay old time!“ Margaret si je brundala, medtem ko si je premetavala preprogo čez ramo, pobirala umazane skodelice in krožnike, kozarce in sklede.

V kuhinji je dala preprogo v pralni stroj, posodo za zajtrk v pomivalni stroj, nato pa si je iz mlačnega lončka natočila skodelico čaja. Vrnila se je v dnevno sobo, kjer je bilo manj nereda. Prebrskala je med kanali in naletela na Judge Judy. Ni si mogla pomagati, da ne bi občudovala ženske, ki je imela popoln nadzor nad vsemi in vsem v svoji sodni sobi.

Prijatelji so ji rekli, da bi morala vstati prej kot njena družina, saj bi tako zmanjšala kaos in nered. Takrat bi bila ona na čelu situacije. Drugi so rekli, da bi se morala zaposliti in zapustiti hišo, preden to storijo oni, da bi se morali naučiti skrbeti sami zase. Vendar je bila tako utrujena, v teh dneh ni bila v svoji koži, da ne omenjam, da ni delala že od časa, preden se je rodil njen sin. Kdo bi jo zdaj zaposlil?

Margaret je bila vedno bolj nezadovoljna s svojo usodo, saj je svoje življenje predala potrebam tistih, ki jih je ljubila. Sovražila je nenehno dajanje, čeprav je bila to njena izbira. Nato se je vkrcala na vlak krivde in samopomilovanja. Je šla vsaka mati skozi isto stvar? To praznino? To potiskanje in vlečenje v sebi, ki ustvarja praznino. To praznino v sebi, ki ji je dovolila, da se premika kot poletna nevihta in dežuje na vse v njenem življenju. Bila je orkan, ki je čakal, da se zgodi, in danes je bil dan, ki se ga je bala.

Oprala se je in oblekla, ne da bi se ustavila za zajtrk, ampak si je vzela čas, da vrže preprogo v sušilni stroj, in z gorečo željo, da bi šla ven. Vstran. Kamorkoli, proč.

Margaret je usmerila avto v smeri nakupovalnega središča in se odpeljala. Parkirala je. Na poti v notranjost je mladenič prevažal vozičke. S pomočjo vetra jih je bilo nekaj namenjenih skorajšnjemu pobegu. Razmišljala je, da bi mu kaj rekla, da bi mu olajšala breme, a se mu je raje nasmehnila. Pod nosom ji je rekel, da je kurba.

Gospodinja ga je prezrla in pohitela v notranjost. Ni si mogla kaj, da se ne bi vprašala, zakaj njena empatična gesta ni dosegla ničesar drugega kot zlorabo. *Ni pomembno*, je pomislila in se osredotočila na težavo: priprave na večerjo. Vendar najprej: kaj bo oblekla? Naj si privošči novo obleko? Nakupovanje ji je v preteklosti pomagalo izboljšati razpoloženje. Morda bo to uspelo tudi danes?

Margaret se je odpravila po modnem hodniku in v izložbi našla manekenko v elegantni obleki, ki ji je bila všeč. Odpravila se je v notranjost, kjer so jo povsod napadala ogledala. Umaknila se je.

Na tekočih stopnicah je opazila spa za lase in nohte. Pogledala je svoje nohte. Raje si jih je naredila sama doma, ko je vedela, kaj bo oblekla - za to si bo vzela čas. Njeni lasje pa so bili nekaj drugega.

Stala je pred salonom in opazovala stiliste, ki so se gibali in bili zaposleni. Zdi se, da je bil v salonu miren dan, saj je bil zaseden le en stol. Razmišljala je, da bi šla noter in se s kom pogovorila, vendar se je odločila, da tega ne bo storila, saj je pogledala na svoj telefon. Čas je bežal in že tako je imela preveč dela.

Njeno pozornost je pritegnil utripajoči neonski znak. Na njem je pisalo:

Potuj do svoje sanjske destinacije. Razprodaja samo danes!

Ni bila več Margaret, bila je Margarita na Kubi. Predstavljala si je, kako na Kubi izvaja rumbo. Nato je bila v Avstraliji, kjer je plesala v zaledju. Nikakor! To je bilo predaleč.

Opazil jo je mladenič, ki je bil za polovico mlajši od nje. „Čez trenutek bom z vami," je rekel. Vrnil se je k pogovoru po telefonu.

Odpravila se je v notranjost in se nerodno postavila v bližino recepcije. Prisluhnila je njegovemu mirnemu glasu. Včasih je njeno prisotnost potrdil z nasmehom. Po nekaj trenutkih je prenehal govoriti in se z roko dotaknil telefona.

„Medtem ko čakate, si privoščite skodelico kave ali vode. Ne bom dolgo čakal. Oh, in prosim vas, da si ogledate brošure in revije. Takoj bom z vami.“

Margaret si je nalila vročo kavo, dodala smetano in košček sladkorja. Pogledala je v smeri mladeniča na telefonu, ko je opazila škatlo piškotov. Kot da bi ga prosila za dovoljenje.

Ponovno je z roko segel po slušalki: „Oh, ja, privoščite si piškote ali dva. Ni kaj.“

„Hvala,“ je zašepetala in vzela piškot. Bil je čokoladni raj.

Medtem ko je čakala, je prelistala nekaj revij. Prva je bila o Švici. Zdaj je bila Maggie, ki se je pripravljala na smučanje v Zermattu, kjer ji je s smučmi pomagal visok, svetlolasi in čeden smučarski inštruktor po imenu Sven. Zdaj sta končala smučanje in on ji je ponudil skodelico vročega kakava. Zamahnila se je in segla po njem, nato pa ga odvrnila z očmi.

Vzela je še eno brošuro za Havaje in si predstavljala sebe na plaži v Waikikiju, kako se pogovarja z Georgeem Clooneyjem. Nato je pogledala navzdol, ugotovila, da nosi bikini, in zakričala.

Margaret se je vrnila v realnost in pogledala v smer mladeniča, ki je še vedno govoril po telefonu. Ni opazil njenega izbruha. Uf. Še enkrat je ugriznila v čokoladni piškotek. Nošenje bikinija ali kakršnih koli drugih kopalk je bilo izključeno.

Na steni je opazila plakat, ki je oglaševal potovanje v Veliko Britanijo. Beefeaters. Nosili so tiste nore visoke klobuke. Zdaj je bila Cathy, ki je iskala Heathcliffa na jorkširskih barjih. Bil je zelo hladen in vetroven dan, vendar sta se sprehajala in uživala na svežem zraku ...

„Ali vam lahko pomagam?" je vprašal mladenič.

Heathcliff je izginil. „Uh, samo sanjam," je odgovorila Margaret z rdečico na licih.

Mladenič je kliknil na tipkovnico in pogledal na zaslon. Računalnik je obrnil proti njej. „To so današnje ponudbe v zadnjem hipu, ki so na voljo samo en dan. Pravkar so prispele!"

Začudeno se je približala.

„Če vas zanima Anglija, takšne cene ne boste več našli."

„Vedno sem si želela obiskati Veliko Britanijo."

„Ta cena," je dejal mladenič, "vključuje najem avtomobila ter kombinacijo hotelov in penzionov. Lahko bi potovali naokrog in nato izbrali, kje bi se ustavili in prenočili."

„Ne vem, kako je z vožnjo tam, ali ne vozijo tudi na drugi strani?"

„To je res, vendar se boš v kratkem času naučil."

***

Margaret se je vrnila domov in naročila hrano za s seboj. Z jedilnega lista je izbrala različne jedi, ki so ustrezale vsem potrebam. Chardonnay, rose in pivo je postavila v hladilnik. Štiri steklenice rdečega je postavila na stojalo za vino.

Okoli pasu si je zavezala predpasnik, nato pa se je lotila sesanja in brisanja prahu. V dnevni sobi je ponovno položila čisto preprogo. Ko je bilo vse popolno, je postavila mizo, za katero je bilo prostora za sedem oseb. Michael ni želel tvegati, da bi Tommy povzročil prizor. Ne pred njegovim šefom in sodelavci. Pripravila je pladenj in ga postavila na pult, da ga je lahko odnesel v svojo sobo.

Margaret je odšla v svojo sobo in spakirala kovček in ročno torbo. Naročila je Uberju, da jo odpelje na letališče.

Tri ure pozneje se je vkrcala na letalo in kmalu odletela v Združeno kraljestvo.

Ko je pogledala skozi okno, jo je za delček sekunde prevzel občutek krivde. Borila se je z njim.

Na hladilniku je pustila sporočilo, da odhaja.

Margaret ni omenila, kam gre in kdaj se bo vrnila.

Prav tako ni omenila, da je kupila enosmerno vozovnico. To bosta ugotovila.

DEŽNIK IN VETER

Bil je petek trinajstega in veter je bičal naokoli. Stvari, ki niso bile namenjene letenju, so se odbijale in odbijale. Čez in čez. Vrtele so se okoli mene.

Na tak dan bi nekateri upokojenci morda ostali v postelji, jaz pa ne. Zakaj bi se na tako grozen dan odpravil ven? Zato in samo zato sem potreboval močno kavo.

Zato sem se igral dodgem, se izmikal in potapljal, da bi se spravil iz hiše v avto. Nato sem se odpravil proti najbližjemu prehodu za avtomobile. Nisem bil edini, ki se je pogumno odpravil v neznano, da bi si pozdravil odvisnost od kofeina.

Čakalna vrsta se je premikala naprej in napredovala. Naročila sem ekstra močno vanilijevo latte, nato sem se z avtomobilom priplazila do okenca, da bi plačala. Segel sem po denarnici in ugotovil, da sem jo pustil doma.

Gospa pri okencu je iztegnila roko in jo spet potegnila nazaj, da bi se izognila majhni veji, ki se je dotaknila mojega okna in se nato odbila v njeno.

„Drobiž," sem rekel, ko je ženska spet iztegnila roko. Še vedno sem brskal po predalu za rokavice in režeh za skodelice. Po štetju sem imel oseminsedemdeset centov. Pod mojim sedežem je bil še en dolar. Nadaljeval sem z iskanjem, medtem ko so avtomobili za menoj čakali in je fant neposredno za menoj trobil, drugi so mu sledili.

„To bo dovolj," je rekla ženska, ko je vzela kovance in mi izročila kavo.

Nasmehnila sem se z največjim nasmehom in rekla: „Hvala." Zaprla sem okno in se odpeljala, vedno tako hvaležna. Kava je dišala kot nebesa, vendar sem se zadržala in jo popila do prve rdeče luči.

Medtem ko sem čakala, srkala in uživala, mi je dežnik brez človeka z lesenim ročajem razbil vetrobransko steklo, nato pa se je odbil in se ustavil na bližnji drevesni veji.

Dokler se ni prižgala luč, se nisem niti zavedel, da me je java zažgala. Varno sem ustavil in stopil iz vozila. Nič ni lepšega kot vroča kava, ki ti teče po nogi v nogavice in čevlje. Nogo sem stresel kot pes, ki se je pred kratkim kopal.

Videl sem, da se približuje, a je bilo prepozno.

Ta prekleti dežnik. Spet.

***

Zbudil sem se še vedno na parkirišču z lesenim ročajem dežnika, ovitim okoli vratu. Padel sem sunkovito, vendar mi je na poti navzdol uspelo prijeti za vrata avtomobila, kar je bilo po eni strani dobro, po drugi pa slabo, saj je zakrilo mojo stisko.

Beton pod mano je bil hladen in gobast. Poskušal sem vstati in veter je ujel dežnik, ki je nadaljeval svojo pot kot neuspešen vršiček.

Še nisem stal, ampak sem se izstrelil navzgor in s svojo težo pritisnil na vrata avtomobila. Nenaden klik ključavnice vrat mi ni obetal nič dobrega — ključe sem pustil v vžigu. Poiskala sem telefon in hitro ugotovila, da je doma v torbici.

S prekrižanimi rokami sem se naslonila na avto v upanju, da bom pritegnila dobrega samaritana.

V daljavi sem zagledala dežnik, ki si je utiral pot drugam. Ups. Nasproti vozeče vozilo, ki se je poskušalo izogniti vrtinčastemu dervišu, je trčilo v zadnji del drugega avtomobila. Nekdo bi zdaj poklical policijo. Pomahal bi jim, da bi pomagali tudi meni. Vse dobro.

Kmalu se je prekleti dežnik spet odpeljal in s polno hitrostjo hitel v mojo smer. Sem bil magnet za dežnike? Tokrat je poletel visoko in se vrtel. V daljavi je bil čudovit. Odprlo se je v nebo v vsej svoji črnini. Bilo je fascinantno, tako visoko je šlo, in poznate stari pregovor: „Kar se dvigne, se dvigne.“ Izkazalo se je, da drži, saj je ta prekleta stvar padla na tla in me lahko dokončno omrtvičila. Kot v skavtskem geslu sem bil pripravljen in namesto da bi čakal, da se bo zmešala z mojo glavo, sem se stegnil in jo prijel za ročaj.

Držal sem se ga kot za stavo in upal, da se ne bom sam pripeljal do Mary Poppins. Moje noge so se res odlepile od tal, vendar le za sekundo ali dve, preden sem zaslišal sirene in udarce čevljev po pločniku.

Mlada ženska je z roko na ročaju pritisnila na mojo roko. Umirila sva se, ko so po ulicah hodili novi koraki, medtem ko je lastnik kliknil na gumb in zaprl zložljivo streho.

****

Po nenavadnem jutru sem se vrnil domov in si dal noge na noge ter se nisem hotel premakniti, dokler se veter ne bo umiril. Načrta sem se držal, dokler me sin ni prosil, naj ga malo po pol osmi uri poberem pri njegovem prijatelju na drugem koncu mesta. Domov naj bi ga pripeljala starša, vendar sta bila nervozna voznika, zato sem ju poklical jaz.

Razpoka na vetrobranskem steklu je bila stalen opomnik na to, kako je potekal moj dosedanji dan. Še vedno sem čakal na sporočilo zavarovalnice o odbitni franšizi. Preučevali so, ali gre za „božjo voljo".

Obrnil sem se na policijo, ki je dejala, da bo preverila obstoj dežnika, ne pa, da je povezan z mojim vetrobranskim steklom. Ko so me videli, sem se ga držal.

Počutil sem se skrajno jezen na osebo, ki ni uspela obdržati svojega platnenega baldahina, zato sem imel pol pameti, da bom pisal svetu in zahteval licenčno politiko za dežnik. Potem bi jih lahko prisilil, da plačajo mojo odbitno franšizo, ali še bolje, da bi jih tožil.

Zagnal sem avto in se umaknil s cestišča, zavedajoč se letečih predmetov, ko mi je v oči padla zelena steklenica. Vrtela se je in se vrtela v krogu, kot bi se namišljeni ljudje igrali igro Spin the Bottle.

Večino časa se ni odlepila od tal in je bila videti kot podolgovata zelena vesoljska ladja, ko je vzletela, se dvigala vse višje in višje, nato pa padla, se zavrtela in spet dvignila. Nadaljeval sem, po naključju v isto smer, v katero je letela steklenica.

Ko sem videl moškega in žensko, ki sta si hodila nasproti, medtem ko se je steklenica nevarno vrtela, sem odprl okno in ju poklical. Ko se nista odzvala, sem pritisnil na sireno. Steklenica, ki je bila zdaj visoko v zraku, je začela prosto padati proti njima.

Steklenica je padla in z vso silo udarila v žensko glavo. Zelena posoda je nato odskočila in se dotaknila moške glave. Brezbrižni zeleni predmet se je nekajkrat dvignil in padel, preden se je ustavil ob deblu drevesa.

Vklopil sem štirismerne utripalke in ugasnil motor, preden sem iz varnega avtomobila ponovno stopil v nevarni veter.

Moški in ženska sta bila pri zavesti, vendar se nista premikala ali poskušala vstati. Najprej sem izmeril pulz ženske, nato moškega in ocenil položaj, pri čemer sem se spomnil svojega usposabljanja iz prve pomoči izpred let. Poklical sem številko 911. Dispečerka je postavila nekaj vprašanj, vendar sta se osebi zaradi prasketanja za nama usedli.

Gledali smo, kako veter še naprej divja, da je steklenica poletela. Veličastna plakajoča vrba se je sklonila, da bi jo vzela nazaj, vendar prepozno. Veter je njen debeli trup prelomil na pol, in ko je drevo padlo na tla, je odmev stresel zemljo pod nami.

„Gremo!" zakričal sem.

Z vetrom, ki nam je švigal za petami, smo se pognali v beg.

***

Ko sva prispela v zavetje mojega avtomobila in se pripela, sem pritisnil na plin. Ko steklenice ni bilo več videti, sva se odpeljala po sina.

Po nekaj trenutkih, ko sva si oddahnila, sva se predstavila.

Brent Welch je bil visok in zelo čeden moški s temnimi lasmi in modrimi očmi. Na bradi je imel jamico kot Cary Grant. Bil je partner v lokalni odvetniški pisarni, zelo lepo govoril, bil je opazno lepo vzgojen in samski.

Eileen Manny, prav tako samska, je imela dolge svetle lase in nosila preveč ličil. Bila je zadržana in nežna kozmetična predstavnica, zato je bil njen „obraz njena paleta“.

Predstavila sem se. „Ime mi je Alice Mitchell. Pred kratkim sem ovdovela in upokojena srednješolska učiteljica.“

Zdaj, ko sva se spoznali, sta se mi zahvalili, ker sem ju rešila. Nato sta vprašala o razpoki na vetrobranskem steklu, ravno ko je Jasper splezal v vozilo in se pripel.

Po predstavitvi sem nadaljeval z zgodbo o dežniku. Potniki so se smejali.

„Kaj je tako smešno?“ Vprašal sem.

„To se ne bi moglo zgoditi nikomur drugemu,“ je odgovoril Jasper.

Odpravili smo se domov in na poti odložili Marka in Eileen.

Ko smo končno prispeli do cilja, sem ugotovil, da sta do tega več kot pestrega petka trinajstega ostali še dve uri. Zlezel sem v posteljo, si prekril glavo in poskušal zaspati.

Nisem imel pojma, kaj se bo še zgodilo.

***

Naslednje jutro, v soboto [14]., sem potreboval nekaj minut, da sem se zbudil. Zdelo se mi je, kot bi v sanjah zvonil zvonec, dokler ni na vrata moje spalnice potrkal moj sin Jasper.

„Mami, to je zate — policija."

Odvrgla sem odejo, si čez glavo potegnila nočno srajco, jo zamenjala s trenirko in si s prsti počesala lase, preden sem stopila ven.

Moj sin, ki o teh stvareh ne pozna bontona, čeprav je bil vzgojen v odličnih manirah, je policiste pustil stati na verandi.

Ko sem napol noter in napol ven potisnil glavo, se je veter okrepil in mi skoraj iztrgal vrata iz rok.

Videz policistov je bil razmršen, kar se je v starih časih imenovalo „vetrovno in zanimivo". Močan par policistov je bil dovolj čeden, da bi lahko opravljal delo striptizete iz filma Thunder from Down Under. Povabil sem ju noter.

„Ne, hvala, gospa," je rekel svetlolasec, ki je bil, ko si je snel klobuk, videti kot tisti drugi, tisti, ki ni bil ‚Ponch' iz C.H.I.P.S.

„Jon," sem rekla na glas, ne da bi to želela (pravkar mi je prišlo na misel ime tistega svetlolasca iz C.H.I.P.S.).

„Ime mi je Marshall," je rekel svetlolasec. „Moj partner je policist Ramsey."

„Veseli me, da vas spoznavam. Kaj lahko storim za vas?"

„Včeraj smo od vas prejeli prijavo o opuščenem klicu na številko 911. Ali nam lahko pojasnite, kaj se je zgodilo?"

„Opazil sem moškega in žensko, ki sta hodila drug proti drugemu, medtem ko sta čakala, da se spremeni rdeča luč. Opazila sem steklenico.“

„Med letom?“ Ramsey je vprašal.

Prikimal sem. „Da, steklenica se je dvignila in se nato spet spustila. Poskušal sem pritegniti njuno pozornost, a še preden sem se zavedel, je steklenica najprej zadela žensko in nato moškega. Oba sta padla na pločnik.“

„V kakšnem stanju sta bila, ko ste ju dosegli, in koliko časa je trajalo, da ste prišli do njiju?“ Jon, hočem reči Marshall, je vprašal.

„Parkiral sem v nekaj sekundah in se takoj odpravil k njima.“

Ramsey je bil zapisovalec, zapisoval je vse, kar sem povedal.

Marshall je imel svoj telefon uperjen vame; snemal je vse, kar sem rekel.

Domneval sem, da je to v redu, čeprav takrat nisem postavljal vprašanj.

„Bila sta pri zavesti, dihala sta in imela močan pulz. Ko sem to potrdil, sem poklical policijo.“

„Kaj se je zgodilo potem?“

„Podrlo se je ogromno drevo in pobegnila sva do mojega avtomobila.“

„Ali je kateri od njiju zahteval zdravnika ali šel na urgenco?“

„Ne, bila sta budna. Smejali smo se in se pogovarjali. Njuni hiši sta bili na poti nazaj, odložila sva ju in ni bilo nobenih težav.“

Ostali smo tiho.

***

„Za kaj gre?“ Vprašal sem, ko sem začutil, kako veter reže skozi mojo trenirko.

„Si že kdaj srečal katerega od njiju?“ Marshall je vprašal. „Konec koncev njuni hiši nista daleč od tvoje.“

„Ne.“ Mirno sem stal in poskušal ugotoviti, kam sta želela s svojimi vprašanji. Kaj je bilo pomembno, ali sem že kdaj videl katerega od njiju? V notranjosti je sin prižgal televizor in oglasil se je zvok. Zaprla sem vrata za seboj in stopila ven.

„Kakšna je bila steklenica?“ Ramsey je vprašal.

„Bila je zelena.“

Policista sta si izmenjala poglede.

„Ali je res, da ste imeli včeraj še en incident z dežnikom?“ Marshall je vprašal.

„Da, bil je grozen petek trinajstega.“

„Stvar je v tem,“ je rekel Ramsey. „Welch in Manny sta umrla.“

***

Zbudil sem se, ko sem omedlel in so me gledali trije zaskrbljeni obrazi. Dva sta pripadala policistoma Ramseyju in Marshalu. V rokah sta držala izvode revije Reader's Digest, s katerimi sta mi mahala kot z navijači. Drugi je pripadal Jasperju, ki je držal kozarec vode, iz katerega mi je občasno kapljal kapljice na čelo.

„Si v redu, mami?“

Nisem bila stoodstotno prepričana. Vseeno sem se poskušala usesti, da bi se izognila nadaljnjim napadom Reader's Digesta in vode.

„Imela si manjši šok,“ je rekel Ramsey, ravno ko sta se do mene prebila dva reševalca. Eden je preveril moj pulz, drugi pa mi je nataknil trak za merjenje krvnega tlaka in začel črpati. Oba sta rekla: „Vse v redu.“

Poskušal sem ju pospremiti do vrat, vendar sta rekla, da to ni potrebno.

Ramsey je sedel nasproti mene.

Metuljčki v trebuhu so mi švigali naokoli in še vedno sem se počutila nekoliko občutljivo, saj so mi po glavi plavala vprašanja o letečih steklenicah, ki ubijajo ljudi.

Zdelo se mi je, da razmišljam le o zadnji misli, dokler Ramsey ni odgovoril: „Vzroka smrti še ne poznamo. Koroner pregleduje trupla.“

„Opazili smo, da imate na vetrobranskem steklu veliko razpoko,“ je dejal Marshall. „Je kateri od njiju trčil vanjo?“

„Ne, povzročil jo je dežnik.“

„Mislim, da imamo dovolj informacij,“ sta rekla policista.

Jasper jih je pospremil ven.

Šel sem v kuhinjo, si pripravil skodelico močnega čaja in odprl zavojček čokoladnih piškotov. Zunaj sem slišala veter, ki je raznašal listje naokoli in naokoli. Odprl sem zadnja vrata in prosil mater naravo, naj preneha.

Po pričakovanjih je ignorirala mojo prošnjo.

***

Nedelja je bila miren dan. Držala sem se zase, Jasper pa me je z zajtrkom, kosilom in večerjo v postelji obravnaval, kot da je materinski dan. Še vedno v šoku sem z veseljem sprejela vlogo invalida za en dan in samo za en dan.

V ponedeljek zjutraj sem se najprej odpravila v trgovino za zamenjavo stekel. Vse, kar sem moral storiti, je bilo plačati odbitno franšizo in popravili bi ga na kraju samem.

Zazvonil mi je telefon in oglasil se je policist Ramsey. Prosil me je, naj pridem na postajo: „In pripeljem vaš avto.“

Razložil sem, kje sem in zakaj. Rekel je, da je moj avto „v preiskavi“. Rekel je, da bom nekaj dni brez avtomobila.

Rekel sem mu, da bom prišel čim prej, in zapustil prostore.

Pozneje sem čakal na rdeči luči, ko sem opazil mlad par, ki je hodil skupaj in se držal za roke. V drugi roki sta držala skodelico kave. Ona je pila iz zelene steklenice. V enem trenutku sta bila srečna, v naslednjem pa je spustila njegovo roko, kot bi bila vroč krompir. On pa je spustil vročo kavo in ta se mu je razlila po hlačah in čevljih.

V hipu je zadel dno njene steklenice in ta je poletela v zrak. Tisti, ki smo čakali na semaforju, smo jo videli, kako se je dvignila. Bila je kot raketa, ki se je dvignila naravnost v nebo.

Padla je ravno takrat, ko je mladi par pogledal navzgor.

Najprej je zadela žensko glavo, se odbila od moške glave in se po pločniku odkotalila na ulico.

Iz avta sem izstopil kot strela z jasnega in na poti poklical številko 911. Drugi so mi sledili in izstopili iz svojih vozil. Blokirali smo celotno križišče.

Dekle je bilo nezavestno, moški pa buden.

„Reševalno vozilo je na poti,“ sem rekel.

Slišali smo sirene. Videli smo policijske avtomobile.

„Kaj za vraga počnete tukaj?" Ramsey je vprašal.

„O, joj," sem odgovoril.

***

Razložil sem situacijo. Tokrat je bilo veliko prič.

Ko je reševalno vozilo naložilo par v notranjost in zakričalo, so policisti rekli, naj vsi zapustijo območje, razen mene. Z večino prič so se že pogovarjali.

„Ali me aretirate?"

Izmenjali so si poglede.

„Ali morate še vedno zaseči moje vozilo?" Izkazoval sem se, videl sem že veliko policijskih predstav.

„Lahko greste domov," je rekel Ramsey.

„Vemo, kje živiš," je z nasmeškom dejal Marshall. „Samo ne zapuščajte mesta, dobro?"

Zasmejal sem se in odšel na pot.

***

Na poti domov ni bilo nobenih incidentov.

V pečico sem dal pečenega piščanca, olupil krompir in narezal nekaj zelenjave, ves čas pa sem razmišljal o zelenih stekleničkah, ki se prenašajo po zraku.

Šel sem v pisarno in v iskalnik vtipkal „leteče steklenice". Ta me je povezal s fantom na YouTubu, ki je v steklenico dal bonbone in jo nato razbil na tleh. Nič se ni zgodilo. Začuden sem nadaljeval z gledanjem. Ko jo je naslednjič razbil, se je steklenica po stiku z obrazom snemalca izstrelila v zrak kot raketa.

Nato sem naletel na nekaj poskusov Myth Busters, ki so potrdili, da lahko polna steklenica razbije lobanjo. Nasprotno pa prazne steklenice tega niso mogle — ta mit sta resnično razbila dva nedavna smrtna primera.

Izklopil sem računalnik. O tem nisem želel več razmišljati.

Na ukaz je vstopil Jasper. „Vse v redu, mami?“

Povedala sem mu o zadnjem incidentu in poskusih na YouTubu.

„Se šališ, kajne?“

Zavrtela sem z glavo in odšla v kuhinjo mešat krompir.

„Za nameček sta bila na kraj dogodka poklicana policista Ramsey in Marshall. Gotovo mislita, da sem nekakšen žirant.“

„To je majhno mesto, mama, vsi se ukvarjamo drug z drugim. Je kdo posnel incident na svoj telefon?“

Iz ust dojenčkov. Če bi ga, bi ga morda naložili na splet. „Kako naj ga najdem? Katere ključne besede moramo uporabiti?“

Vrnila sva se v mojo pisarno in res je bilo tam.

„To moraš povedati policistom.“

Policist Ramsey je takoj odgovoril. Jasper mu je poslal neposredno povezavo, jaz pa sem ga seznanil s podrobnostmi.

Krompir je bil že skoraj končan, zato sem izlil vodo ter dodal nekaj soli in popra.

Z Jasperjem sva se usedla k večerji, v ozadju pa se je slišal zvok televizije. Na sporedu je bila najnovejša informacija o paru, ki ga je zadela steklenica. Odložila sva pribor in se približala.

Napovedovalec je povedal, da je stanje deklice kritično, stanje fanta pa je na srečo stabilno.

Nismo bili več lačni.

***

Nisem veliko spala, ves čas sem se premetavala in obračala.

Nazadnje sem se vdal in si naredil skodelico čaja.

Stal sem, ga držal v roki in gledal skozi okno na veter, ki je še vedno pihal in vrtinčil stvari naokoli. Zdrznil sem se.

V mojem življenju so se dobre in grozne stvari vedno dogajale v troje.

Odšel sem v pisarno in kliknil na nekaj informacij o nadnaravnih dogodkih, vključno z napovedmi. Tam so bila vsa znamenja. Vesolje mi je skušalo nekaj sporočiti.

Toda kaj?

Znaki so nakazovali, da bi lahko šlo za jeznega duha, nekoga, ki je bil umorjen ali ubit pred svojim časom. Nekdo, ki se je zadrževal naokoli in se hotel maščevati. Nisem videl nobene povezave z žrtvami. Navsezadnje so bili to popolni neznanci.

Začel sem besno tipkati. Sestavljanje seznamov mi je vedno pomagalo, da sem se lažje znašel.

V stolpec številka ena sem vpisal sebe. Samski. Ovdovela. Upokojena. En sin. Poročena petintrideset let. Mož je umrl zaradi raka na debelem črevesju. Stopnja 4. Oba moja starša sta umrla. Bila sem edinec. Naša družina je vedno živela v kraju. Naš rodovnik je segal daleč nazaj na to območje.

Na seznam številka dve sem uvrstil Brenta Welcha. Star je bil triintrideset let in je bil odvetnik. Na Googlu sem poiskal njegov nekrolog. Bil je samski. Nikoli ni bil poročen. Živel je sam. Njegova družinska linija je segala daleč nazaj na to območje. Kako to, da se nisva nikoli prej srečala? Njegovi sorodniki so v pionirskih časih pomembno prispevali k temu, da je naša skupnost postala primerna za bivanje. Njegova mati in oče sta bila oba pokojna. Bil je edini otrok.

Imela sva nekaj skupnih stvari. To me je spodbudilo, da sem se usedel.

V naslednji stolpec sem vpisal Eileen Manny. Stara je bila devetintrideset let. Imela je sestro dvojčico Esther, ki je živela v kraju. Toliko o tej teoriji. Imeli sta lokalne korenine, vendar niso segale tako daleč nazaj kot Brent in moje. Eileen je bila poročena, vendar je njen mož umrl. Eileenina starša sta bila živa, vendar sta se odselila. Eileenina hči je obiskovala isto šolo kot Jasper. Nenavadno, da se naše poti niso križale že prej.

Moji seznami so vsebovali le malo informacij in niso bili v nikakršno pomoč.

Zaspana sem se vrnila v posteljo, kjer so se mi v glavi vrteli seznami nekoristnih informacij.

***

Izredno močno je deževalo, vendar oblaki niso bili na svojih običajnih mestih. Namesto tega so bili pod mano. Deževalo je od tal navzgor. Še en znak podnebnih sprememb in onesnaženosti mest?

Plavala sem zunaj sebe, medtem ko so moje noge ostale trdno zasidrane v mojih nežnih nogavičkah Tender Tootsies. Noge sem imela skrite pod cvetličnim večbarvnim krilom v slogu šestdesetih let. V vetru je pihalo in jih razkrivalo, saj se je krilo razgibalo in nato spet zavleklo. Na pasu sem imela pas iz zelo debelega rjavega usnja. Bil je pretesen in me je oviral.

Sem bila mrtva?

Stisnila sem se. Torej nisem mrtva.

Na sebi sem imela belo bluzo z visokim nabranim ovratnikom in ogrlico, biserno, črno, rožni venec. Hladne kroglice sem pognala skozi prste in poskušala vse skupaj razvozlati, vendar se nisem mogla spomniti, kaj naj z njo počnem.

Veter me je pobral in odnesel. Pihal me je naprej in nazaj.

Dolgi lasje so se mi na hrbtu spenjali v tesno kito.

Takrat sem stal na kosu zemlje, nad oblaki. Ni bilo veliko prostora za gibanje brez strahu, da bi padel.

„Mami! Mami! Zbudi se! Zbudite se, prosim.“

To je bil Jasper. Vrnil sem se.

Zavpila sem, ko mi je zelena ognjena krogla spela lase in stopila rožni venec. Kapljala mi je po prsih in skozi prste.

***

Usedel sem se in pogledal prste, pričakoval sem, da bom videl zelene kapljice, ki so se pretakale skozi, vendar so bili čisti kot žvižg. To so bile le slabe sanje.

Moj sin me je še vedno klical. Stekel sem v dnevno sobo in nekajkrat odprl in zaprl oči, da bi se prepričal, da vidim, kar vidim. Kakšna zmešnjava!

Skozi streho moje hiše se je zrušila zelena stvar. Na poti do svojega zadnjega počivališča (kleti) je razbila in uničila vse, kar ji je bilo na poti, medtem ko je po mojem domu razpršila neonsko zeleno snov kot pes, ki označuje svoje ozemlje. Odtenek zelene barve bi lahko bil prijeten, če je ne bi bilo toliko in če ne bi bila naključno razpršena naokoli.

„Kaj za vraga?“

„Ali nisi slišal?“ Jasper je vprašal. „Bilo je kot zvočni bum.“

Približal sem se luknji. Ničesar nisem slišal. Spala sem, sanjarila. Zdaj sem bil buden in brez besed. Prekrižal sem roke in pogledal navzdol. Iz nje se je dvigala para. Iztegnil sem dlan in čeprav je bilo nadstropje pod nami, sem čutil, kako se dviguje toplota. Poskušal sem spregovoriti, a ni bilo besed.

Jasper me je opazoval in čakal, da nekaj rečem.

Na videz ni bilo videti prav nič posebnega, vgrajeno v moja kletna tla. Ni bil okrogel, kvadraten ali jajčast. Imelo je veliko obrazov, bilo je tridimenzionalno, sferično, skoraj evklidsko, trdni dodekaeder.

„Ali ne bi morali koga poklicati?“ Jasper je vprašal, ko se je nagnil čez rob poleg mene.

„Nisem prepričan, koga bi morali poklicati. Mi nismo poškodovani, poškodovana je hiša. To ni duh, zato ekipa za razbijanje duhov ne bi pomagala. Nisem prepričan, ali Neil deGrasse Tyson ali katera od znanstvenih revij pokliče na dom.“

Jasper se je zasmejal. „Želim si, da bi bil Stephen Hawking še vedno tu.“

„Mislim, da je to bolj stvar Stephena Kinga,“ sem rekel.

Bila sva v stanju šoka, vendar sva ga držala skupaj s humorjem.

„Moramo iti tja dol in si to podrobneje ogledati.“

„Ne vem, mami; stvar oddaja toploto. Zdi se mi, kot da bi se opekla od sonca, ko stojim tukaj.“

Imel je prav, vendar tega nisem opazila, saj so bili vročinski oblivi pri mojih letih nekaj običajnega.

„Kaj pa policija?“ Jasper je izvlekel telefon in naredil nekaj fotografij.

„Ne vem, kako bi mi lahko pomagali, ampak vsaj so v bližini.“ Bala sem se misli, da bom govorila s policistoma Ramseyjem in Marshallom.

„To sem posnel,“ mi je pokazal Jasper, “ko je šlo skozi streho.“

Na fotografiji je bilo videti, kako se je stvar v gibanju navzdol zložila in razgrnila, tik preden je udarila.

„Izkrivljena je,“ je dejal Jasper. „Gibala se je zelo hitro.“

Poklical sem na policijsko postajo in policist Ramsey je imel prost dan, zato sem prosil za policista Marshalla. Ko sem mu razložil, je vprašal: „Ali je to šala?“

Ker sem mu že prej poslal fotografijo, sem mu jo poslal tudi zdaj. Dokaz. Čakal sem.

Policist Marshall je vprašal, ali je bil kdo poškodovan, in potrdil sem, da je bila poškodovana samo hiša. Pojasnil sem mu, da nameravava iti dol in si jo podrobneje ogledati. Predlagal je, da počakamo nanj in skupaj pregledamo.

Ko sva odložila slušalko, sva z Jasperjem odšla v kuhinjo, kjer sem pristavila kuhalnik.

„Zakaj od vseh hiš na svetu ravno naša?“ je vprašal.

„Ravno sem razmišljal o isti stvari, sin.“ Razmišljal sem tudi o zavarovalnici in o tem, kaj bodo rekli. Najprej razbito vetrobransko steklo in zdaj porušena hiša. V instantno kavo sem nalila vodo in usedla sva se.

„Če bi bila narejena iz nefrita, bi bili smrdljivo bogati,“ je rekel Jasper.

„Da, Kitajci imenujejo nefrit nebeški dragulj.“

Srknila sva in se sprehajala naokoli ter gledala navzdol, od koder se je razlivala vročina. Vzhajajoče. Spraševal sem se, ali je morda dovolj vroča, da bi zažgala preostanek hiše. Odločil sem se, da bom poklical gasilce.

***

Kmalu zatem so na naših vratih začeli zvoniti nepričakovani gostje. To niso bili policisti ali gasilci. Bili so naši sosedje. Slišali so trk, se zbrali in prišli raziskat (in preveriti, ali smo v redu).

Potisnili so se noter in videli, da sta Jasper in jaz v redu.

„Tu je res vroče,“ je rekel Artois z druge strani ulice. Znan je bil po tem, da je govoril očitne stvari.

„Kaj je?“ je vprašala njegova žena in pokukala v luknjo.

„Tvoja domneva je enako dobra kot moja,“ sem rekel.

„Policaji so tukaj,“ je rekel Jasper in jih šel spustiti noter.

„Vrnite se na svoje domove," je zahteval policist Marshall, vendar se nihče ni premaknil.

Prišli so gasilci s pripravljenimi cevmi. Sledili so vročini in z vrha poškropili objekt. Namesto da bi se ohladil, je siknil in pljusknil. Izstopilo je še več pare. Postajalo je vse bolj vroče, tako da se je topilo z naših oblačil.

„Umaknite se! Umaknite se!" Zahteval je policist Marshall. Fantje v zaščitnih oblačilih niso čutili vročine tako kot mi. V nekaj sekundah so prenehali z vodnim napadom.

Ravno takrat je prišel predstavnik zavarovalnice. „Uau!" je rekel. To je bilo zadnje, kar sem slišal.

***

Zbudil sem se v postelji z odejo, dvignjeno do vratu, in bil prepričan, da sem pravkar imel slabe sanje o zeleni stvari, ki je padala skozi strop. Šel sem ven, da bi to raziskal.

V dnevni sobi sem zagledal velikansko zajemalno napravo, ki so jo spustili v luknjo z namenom, da bi zeleni krater dvignili iz moje hiše. Zdelo se je kot dober načrt.

Usta te stvari so se odprla, velika, še večja, nato pa tako velika, kolikor je bilo mogoče. S pripravljenimi čeljustmi se je spustilo pod stvar in jo stisnilo.

„Vsi sistemi pripravljeni!" je nekdo zakričal.

Naprava se je zvijala in škripala. Naprava je zapela, nato pa se je z vzdihom in zlomljeno čeljustjo vdala. Kovinski zobje so se upogibali in zvijali, ko je tisto, kar je ostalo pritrjeno na dvižni aparat, potegnil nazaj navzgor.

„Kaj zdaj?" Vprašal sem.

„Gospa," je rekel policist Marshall, "zakaj se s sinom ne bi za nekaj dni nastanili v hotelu? Morda imate celo zavarovanje, ki to krije."

„Božja volja," sem rekla.

„Moj svak je zavarovalničar in sem ga vprašala o tem. Rekel je, da večina polic krije meteorje, tako da če lahko ugotovimo, ali je ta stvar meteor, bo vse krito."

„In kdo odloči, kaj je ali ni?"

„Stopili smo v stik z nekom, ki bi nam lahko svetoval ali nas usmeril v pravo smer."

Usedel sem se na svoj najljubši stol — brez izjeme moj košček miru v kaosu.

***

Ko nihče ni gledal, sem se spustila po stopnicah, da bi si stvar ogledala od blizu. Ko sem se približal, se je zdelo, da se poleg naraščajoče toplote pojavlja še zvok, brenčanje ali brenčanje, ki je postajalo vse močnejše, čim bolj sem se mu bližal. Občutil sem tudi vonj, zaradi katerega sem si z roko pokril nos.

Ko sem stal ob njem, me je prevzel občutek, kot da se je vse obrnilo na glavo. Pravzaprav, ko sem pogledal navzgor, so se gostje, ki so stali v dnevni sobi, zrcalili spodaj, kot da bi bilo njihovo telo v zgornjem nadstropju, njihova senca spodaj pa bi plavala po tleh skupaj z mano. To je bil čuden občutek, kot da sem bil tam spodaj, vendar nisem bil sam.

Sencam podobne stvari so bile zrcalne podobe z zelenimi lučmi, energija, ki je vodila do predmeta. Preučevala sem goste zgoraj in njihov kolega spodaj; ko so se premaknili, se je premaknila tudi njihova senci podobna energija.

Obšel sem enega od žarkov in se približal padajoči masi in vročina se je zmanjšala. Če sem sledil vzorcu z uporabo energij senc, sem se lahko približal padlemu objektu.

Ko sem ga natančneje preučil, so me pritegnile reže na površini stvari. Bile so oblikovane kot oči, vendar ni bilo zenice, veke niti trepalnic. Ko sem ga obkrožil, sem začutil vrtoglavico.

Da bi se umiril, sem se z roko naslonil na steno. Nato sem se zavedel, da se je stena premaknila in da sem pred hišo. Stena moje kleti je postala turniket.

Razen trave ni bilo ničesar nazaj videti tako, kot bi moralo biti. Hiše ni bilo več, prav tako stojala za kolesa in sinovega kolesa. Še nekaj, vse sosedove hiše so bile izginule.

Začel sem hoditi in si želel, da bi imel na hiši pritrjeno vrv, na katero bi se lahko obesil, če bi se izgubil,

Pogledal sem navzgor, a ni bilo ne sonca ne neba. Kar ju je nadomestilo, je bilo samo zeleno zgoraj in vse naokoli, razen dreves. Drevesa so bila brez vej, samo debla, ki so segala v nebo.

Zaščipnil sem se, da bi se prepričal, da sem buden. Bil sem.

Obrnil sem se in opazoval svojo hišo. Objekt, ki se je približeval, je bil viden, napol v notranjosti in napol zunaj.

Za trenutek sem se hotel obrniti nazaj, dokler me ni prešinil občutek. Zdelo se mi je, da bom pel, in sem pel. *The Green, Green Grass of Home* (*Zelena, zelena trava doma)* Toma Jonesa .

Ko sem se zibala in plesala sama s seboj, se mi je zdelo, da lebdim v oblaku. Potem se mi je v mislih prikazala roka, roka mojega moža Luthra.

Objela sem ga okoli vratu, on pa me je prav tako objel okoli mojega.

Poljubila sva se in zaplesala.

Ko se je pesem končala, se je priklonil, me poljubil in izginil.

Obrisala sem si solzo.

***

Zdaj sem se počutila bolj osamljeno kot na dan, ko je umrl, objela sem se in se odpravila proti hiši.

V notranjosti me je spet pritegnil predmet, za katerega se je zdelo, da se premika in brenči. Nekaj drugega, vrtela se je v smeri urinega kazalca.

V nadstropju sem zaslišala krik, ki mu je sledil trk. Skozi luknjo je padlo telo, ki se je združilo s svojo senčno energijo in se nato ustavilo na površini predmeta. Moško meso je zasipalo in pljusknilo, dokler ni ostala le še oblika črke X, v kateri so se razširile moške roke in noge.

Ko sem se odpravil po stopnicah, se mi je dvignil želodec.

***

Prazni obrazi so povedali vse.

Šla sem do Jasperja in ga vprašala, kdo je ta moški. Pojasnil mi je, da je bil to snemalec lokalnega časopisa. Poskušal je narediti najboljši posnetek, vendar se je preveč nagnil.

„Vsi ven!“ Marshall je zahteval. Tokrat ni sprejel ne kot odgovor.

Jasper in jaz sva imela spet svoj dom zase, kar ga je sploh še ostalo.

***

Policist Marshall in dva dodatna policista so bili nameščeni pred mojo hišo.

Prišla sta še dva policista, ki sta bila nameščena zadaj.

Območje sta ogradila s trakom. Prisilili so radovedne sosede, da so prečkali ulico.

Jasper in jaz sva odgrnila zavese in pokukala ven ravno takrat, ko se je s piskom ustavil sprevod črnih vozil. Vrata so se odprla hkrati kot v prizoru iz filma *Moški v črnem*. Črne obleke. Oglarji z žarometi.

„O, dragi,“ je rekel policist Marshall. „Mislim, da je strokovnjak, s katerim smo se povezali, morda pripeljal organe oblasti.“

„O, joj, ali je sploh kdaj,“ sem rekel.

„Uau,“ je vzkliknil Jasper, ko je zagledal edino žensko v spremstvu.

Oblečena je bila v rdečo dvodelno obleko s krojenim suknjičem in krilom nad koleni. Pod suknjičem je nosila belo bluzo z odprtim ovratnikom in ogrlico z diamantnim srcem. Videz je dopolnjeval par sedemcentimetrskih rdečih petk in ujemajoča se torbica.

Moški so se zadržali, ko je ženska stopila po stopnicah.

Očitno je bila vodja skupine.

Jasper in jaz sva šla k vhodu, poleg Marshalla in drugih dveh policistov. Oblikovali smo pol podkve.

Ženska je pokazala svoj osebni dokument. Bila je iz službe za domovinsko varnost in z njo je bil še en agent. Bila sta dva iz FBI, dva iz CIA, dva iz oddelka za zaščito tujcev. Dva iz tajne službe.

„Kje je?" je zahtevala ženska. Ime ji je bilo Charlotte Cassidy. Odstranila si je temna sončna očala in njeni havranovi lasje so takoj kontrastirali z njenimi modrimi očmi. V roki je nosila predmet, ki je tiktakal. „Ni tako velik, kot sem si ga predstavljala." Z iztegnjeno napravo se je približala luknji in ta je utihnila.

„Detektor sevanja?" Jasper je zašepetal.

Stresel sem z rameni.

Človek iz CIA, Frank Dune, si je ves čas natikal sončna očala in jih spet snemal, čeprav je bil v notranjosti. To je bilo zelo nadležno. Njegov partner Jake Flatts ga je brcnil v komolec in mu rekel, naj preneha. „Gospa, kaj veste o tem predmetu?"

„Padel je skozi mojo streho. Je smešno vroč. Šumi, včasih brenči. Poskušali so ga odnesti z viličarjem, pa se je zlomil." Približal sem se mu in mu s kretnjo razložil o obliki v obliki črke X, ki jo je pustil mrtev fant.

„Ni ga več," je rekel Jasper.

„Kaj je izginilo?" Charlotte je vprašala.

Pristopil je policist Marshall. „Fotograf je padel vanjo in se stopil nanjo. Tam je bil odtis njegovega telesa v obliki črke X, vendar ga ni več videti."

„Morda ga tam nikoli ni bilo?" je rekla.

„Vsekakor je bil tam," sem rekel. "Imamo veliko prič."

„Jezus!" je rekel eden od fantov z Oddelka za zaščito tujcev (T.D.F.T.P.O.A.). Ime mu je bilo Alex Greene in bil je navdušen nad tem, da bi šel dol in si to ogledal.

Charlotte je prevzela pobudo in predlagala, da se skupina razdeli. Pokazala je, kdo naj ostane v zgornjem nadstropju in kdo naj gre z njo dol. Jaz sem bil vključen v slednjo skupino.

Alex Greene in njegova partnerica Jessie Filtch sta bila očitno razburjena, ker sta bila izključena, vendar je Charlotte menila, da je najbolje, da ona in njena ekipa najprej prideta do nevarnosti, preden spustita druge.

***

Ko sem prišla do spodnje stopnice in šla počasi, da sem lahko med potjo razmišljala — včasih ima starost svoje prednosti —, sem razmišljala, ali naj jim povem o plesu s svojim možem. Ugotovila sem, da bi morala, čeprav se jih to pravzaprav ne tiče.

Takoj sem opazila spremembo v predmetu. V dveh režah, podobnih očem, sta bili dve pravi očesi. Barva pa ni bila človeška, saj so bili v ozadju drobci zelene barve, na mestu zenice pa je bilo nekaj ognjeno rdečega. Zavzdihnil sem in se premaknil naprej.

Ko sem si opomogel, sem pričakoval, da bodo gostje začudeni ali vsaj zainteresirani za sence, ki so izhajale iz ljudi v nadstropju. Nenavadno je, da se ni zdelo, da bi to opazili.

Charlotte je bila zaposlena z mahanjem s svojim ne več tiktakajočim kljukcem. Prišla je bližje k meni. „Kaj točno te skrbi pri tej stvari? Meni se zdi povsem neškodljiva."

Pred tem, da bi rekel kaj, kar bi obžaloval, me je rešil P. G. Willow („Pingvin"), predstavnik nacionalne varnosti. „Bodite malo občutljivi, kajne? V hišo te ženske so vdrli in jo razbili na koščke." „Ali ste pomislili, da bi se lahko iz nje izvalila valilnica?"

„Niti ni v obliki jajca," je po posmehu vrnila Charlotte.

„Jajce, kot ga poznamo," je odvrnil Pingvin.

Charlotte je zavila z očmi.

„Kar me skrbi," sem rekel in se trudil, da ne bi zvenel preveč jezno, čeprav sem se počutil jeznega, "ni toliko ta stvar, ampak vsi vi, ki se sprehajate po mojem domu. Zakaj ste sploh tukaj? Zakaj tu niso fantje z Oddelka za zaščito tujcev, namesto da bi prišli FBI, CIA in Domovinska varnost?"

„Zelo je vroče," je Charlotte ponudil sogovornik iz službe za domovinsko varnost. Ime mu je bilo Brad Hitt in znal je povedati krvavo očitno, tako kot je to počel moj sosed.

Sprehajal sem se naokoli in poskušal pritegniti pozornost k sencam. Hodil sem vanje in iz njih. Nič.

Ali sem bil edini, ki jih je videl?

„Kaj so te vrzeli na površini?" Hitt je vprašal.

Pristopil sem in ga vprašal, katere. Zanimalo me je, kaj vidi in česa ne vidi. Rekel je, da gre za na stotine ali tisoče praznih stvari, ki so videti kot reže. Nato je segel z roko in bi se dotaknil stvari, če ga ne bi pravočasno ustavil.

„Ali se poskušaš ubiti?"

„Mislim, da smo videli dovolj. Stvar je treba ohladiti. Pokliči gasilce. Ko jo bodo ohladili, jo lahko odpeljemo od tu. Enostavno, enostavno."

Povedal sem ji, kaj se je zgodilo, ko so to poskusili gasilci.

Charlotte je govorila neposredno v telefon: „Zadevni predmet se segreje, ko nanj zlijemo vodo. Ponavljam, segreje se, namesto da bi se ohladil, ko nanj zlijemo hladno vodo.“ Prehodila je sobo. Vsi smo ji sledili.

„Počakajte trenutek,“ je rekel Hitt. Vsi smo čakali. „Ni važno,“ je rekel.

Charlotte in njeno spremstvo so odšli, potem ko so nam dali natančna navodila:

#1. V hišo ne sme vstopiti nihče nov.

#2. Brez njenega dovoljenja ne objavljajte ničesar na družbenih omrežjih ali kje drugje.

Potem so odšli, razen dveh.

***

Ostala sta Alex Greene in njegova partnerica Jessie Filtch. Dva fanta z Oddelka za zaščito tujcev.

„Mami, ali lahko spregovorim?“

Opravičila sva se in odšla v mojo pisarno.

„Mami, mislim, da sta ta dva fanta idiota.“

„Jasper, kaj si rekel.“

„Mislim, da bi morali poklicati nekoga, strokovnjaka. Kot sta Sam in Dean v seriji Nadnaravno. Vedela bi, kaj storiti.“

Zavrtel sem z glavo. „Jasper, sta izmišljena lika.“

„Vem, mami, ampak v resničnem življenju mora biti nekaj takšnih fantov.“

„Zakaj ne bi pobrskal po spletu in videl, kaj bi lahko našel?“

Jasperja sem pustila v pisarni in šla iskat Alexa in Jessie. Nosila sta neko čudno zaščitno opremo, vključno z uniformami in maskami, s pištolami, ki sta jih nosila, pa sta bila videti kot Lovca na duhove.

Pričakoval sem, da ju bom vodil, a sem jima namesto tega sledil. Vlekli so toliko dodatnih stvari, cevi in pripomočkov. Eden od fantov je tikal.

Fantje so dobro sodelovali, s čudno osmozo. Eden je vedel, kaj misli drugi, še preden je to sporočil. Približala sta se predmetu in v zaščitnih rokavicah nanj položila roke. Njihove obleke so sprva opravile svoje delo. Izmenjala sta si poglede in drug drugemu dvignila palec.

Približal sem se nekoliko bližje in zaznal nenavaden vonj. Nekaj je gorelo. Najprej se je prižgala Jessiejina rokavica, nato pa še Alexova. Stekla sta do umivalnika in si z drugo roko strgala razpadle rokavice. Njuni roki sta bili opečeni, vendar ni bilo tako hudo, kot bi lahko bilo.

„Whoa!" Jessie je rekel, ko si je snel masko. „Ta zverinski sin je bolj vroč kot v peklu."

Ta izbruh resnice me je nasmejal, ko si je Alex snel masko. „Si opazila to stvar?

Moška sta pogledala drug drugega in nato še mene. Nisem bil prepričan, na kaj se nanašata, zato sem bil tiho.

„Ja, je rekla Jessie. „Oči."

Bil sem presenečen, da sta jih lahko videla, in to sem tudi povedal.

„Počakajte trenutek," je rekel Alex. „Hočete povedati, da jih lahko vidite brez kakršne koli očesne opreme?"

Prikimal sem.

„Kaj še lahko vidite?“ Jessie je vprašala.

Okleval sem in rekel, da se bom takoj vrnil. Spet sta si nadela kapuco in odšel sem v nadstropje, da bi pokazal energijo senc. Čakal sem in pričakoval, da bom od njiju kaj slišal, na primer krik navdušenja, vendar nisem slišal ničesar.“

„O, vrnil si se,“ so rekli.

„Ste opazili kaj?“

„Lahko uporabim vašo kopalnico?“ Alex je rekel in odšel gor.

Jessie si je nadel kapuco in ko se je Alex vrnil, sta si izmenjala poglede.

„Torej vidiš sence?“

„Z rokami sva šla skozi,“ je priznal Jessie. „In tudi prebrala sva jo.“

Približal sem se mu. „Ne me držati v napetosti.“

„To je sijaj ioniziranega zraka, Rydbergovi atomi, zato zeleni odtenek,“ je rekel Alex. „Težko ga je razložiti, saj se običajno pojavlja le v vesolju ali na krajih, kot je severni sij. To je izjemno redko, mislim, da je v kletnih prostorih nekoga, za katerega se ne sliši.“

Usta sem imel odprta. Zaprl sem ga.

„Na osnovi aluminija,“ je pojasnila Jessie. „Ni strupena ali nevarna. Menimo, da je predmet tu po naključju, od daleč, zelo daleč. Glede na njegovo velikost in obliko, da ne omenjam njegove teže, ga ne bo lahko poslati nazaj. Pravzaprav verjetno nimamo tehnologije, ki bi to omogočala.“

„Potrebujem pijačo,“ sem rekel.

Ko sem se odpravljal po stopnicah navzgor, je Jessie vprašala: „Kaj pa stena?“

„Ob predpostavki, da ga lahko vidi,“ je rekel Alex.

Pretvarjala sem se, da ju nisem slišala, in nadaljevala. Nato sem vrgel nazaj ščepec viskija.

„Mama?“

„V kuhinji sem, ljubi.“

„Našla sem dva fanta, kot sta Sam in Dean. Zdaj se vozita sem, približno petinštirideset minut vožnje, pri čemer uporabljata svoj GPS. Upam, da nimaš nič proti, ampak sem jima ponudila tekoči račun. Do sto dolarjev za kritje njunih stroškov.“

Nasmehnila sem se. „V redu.“

„Imata spletno stran in veliko pričevanj ter izkušenj na področju nadnaravnega, okultnega in nezemeljskega.“

„Dobro delo, Jasper. Sporočite mi, ko pridejo. Medtem bom zaposlil oba gosta v spodnjem nadstropju.“

„Si v redu, mama? Izgledaš malo utrujena?“

„Utrujena sem, a hkrati navdušena.

„Tudi jaz!“

***

Vrnila sem se v klet in potrdila, da jo lahko vidim.

„Ali si jo že pregledala? Na drugo stran?“ Jessie je vprašala.

„Šla sem čez in se naslonila na steno.“ Pokazal sem in še enkrat šel naravnost skozi. Fantje so bili že oblečeni in so mi sledili.

„Kakšen je zrak?“ Jessie je vprašal.

„Svež in lep.“

Slekli so si maske.

„Kdaj ste prvič opazili praznino?“ Alex je vprašal.

„Pravzaprav ne, samo po naključju sem se nagnila vanjo.“

„Ob vsem tem zelenem nebu je videti zelo čudno,“ je dejal Alex. Dotaknil se je trave in rekel, da se mu zdi umetna.

Šla sta v nasprotni smeri, kot sem šel prej. Tesno sem jima sledil. Hodila sva kar nekaj časa in pozorno poslušala tišino. „Zakaj ste mu rekli praznina?“

„On se je samo šalil,“ je rekla Jessie. „Praznina je tisto, čemur tako rečejo v svetu iger ali virtualne resničnosti. Nismo še prepričani, kaj je to, vendar se nam zdi, da je ta svet svet, iz katerega izvira vaš predmet.“

„Pravzaprav,“ je dodal Alex. „Ta stvar bi bila tu zakamuflirana kot kameleon.“

Zaslišal sem glasno žvižganje. Zanimivo je, da sem na tem drugem mestu lahko slišal zvoke iz notranjosti svoje hiše. Alex in Jessie se nista odzvala na zvok, ko sem se vrnil do vhoda in stopil naravnost noter. Fantje so mi bili za petami, vendar niso prišli skozi. Z roko sem segel v praznino (zaradi pomanjkanja boljše besede) in jo nato potegnil nazaj. Napolnjena je bila z zeleno snovjo, podobno želeju. Znova sem vstopil z obema rokama in obupano segel po Jessie in Alexu. Skozi steno sem kričal njuni imeni in se celo poskušal potisniti nazaj skozi steno, vendar brez uspeha.

Jasper je glasno zašepetal.

„Pripelji ju sem, Jasper, mislim, da potrebujeva njuno pomoč — ZDAJ.“

***

Naš Sam in Dean sta bila dva mlada fanta, komaj starejša od Jasperja. Ko sta se spuščala po stopnicah, sta bila obložena z opremo. Najvišji od njiju je imel svetle lase in mu je bilo ime Bert (kratica za Albert), drugemu mladeniču, ki je imel vojaško pričesko, pa je bilo ime Leo (kratica za Galileo).

Ko sva si izmenjala nekaj prijaznosti, sem jima razložil o pogrešanih agentih in praznini.

Leo je govoril v mikrofon, ki ga je imel na svojem telefonu. Opisal je predmet, vključno z velikostjo in dimenzijami. Prosil me je, naj mu razložim, kako deluje praznina.

Bert se je sprehodil do zelenega predmeta, da bi si ga podrobneje ogledal. Iztegnil je roko in se dotaknil predmeta, preden sem ga lahko ustavil. „Popolnoma kul je," je rekel. „Mislim na temperaturo. Glede na Jasperjev prejšnji opis bi rekel, da se je nekaj kratkega stika povezalo."

Tudi sam sem se ga dotaknil; bil je izjemno gladek in hladen. Poiskal sem par oči, vendar brez uspeha. Spraševal sem se o senci in prosil Jasperja, naj steče po stopnicah navzgor, da jo bom lahko preveril. Nič. Bert in Leo sta me pozorno opazovala.

„Mislim, da mora imeti ta stvar vlečni žarek, ne glede na to, kdo jo ima v lasti."

„Morali bi reči, da je imel vlečni žarek," je rekel Bert. „Ker se zdi, da je nedeloval."

„Lahko grem zdaj dol?" Jasper je vprašal.

Opravičil sem se, ker sem pozabil nanj.

„Kako so imena fantov na drugi strani?“ Leo je vprašal.

Poklicali smo jih. Nič.

„Torej, stvar z vlečnim žarkom,“ sem rekel. "Prenehala je delovati, kako jo bomo popravili? In če ga bomo popravili, ali ga bodo lahko spet vrnili nazaj?“

„Če bi lahko odprli praznino in potisnili predmet skozi,“ je rekel Leo.

„In spraviti fante nazaj,“ je dodal Jasper.

Še vedno bi imel v strehi ogromno luknjo, a potem bi jo lahko vsaj popravil.

Vsi štirje skupaj smo stali na eni strani predmeta. „Do tri,“ je rekel Bert in potisnili smo ga z vsem, kar smo imeli.

„To je bila pametna zamisel,“ je rekel Bert, ko nam ga ni uspelo premakniti niti za milimeter. Za trenutek je okleval in nato vprašal: „Ko ste bili na drugi strani, ste začutili kakšno nevarnost?“

Razmislil sem o tem. Nisem in to sem tudi povedal. „Eno stvar,“ sem priznal. „Jasper, to bo zate šok. Upal sem, da ti bom to povedal na samem.“

Razložila sem o plesu z možem. Zaskrbljena sem Jasperja vprašala, kaj si o tem misli. Rekel je, da si želi, da bi bil tam z mano.

„Je vprašal o meni?“

Želela sem si, da bi ga vprašal, vendar ga ni. Vse se je zgodilo tako hitro.

„Naj razčistim tole,“ je prekinil Alex. „To ni bil tvoj mož. Bil je manifestacija tvojega moža. Nadnaravna bitja lahko berejo misli, nekatera lahko prikličejo duhove in celo replicirajo žive.“

„Ampak počutil se je resnično, celo dišal je resnično.“

„Točno to hočejo, da misliš,“ je rekel Leo.

Zunaj sem zaslišal, kako so se avtomobilske gume ustavile.

„Vrnili so se,“ sem rekel, ko sva se odpravila proti vhodnim vratom.

„Prekleto,“ sta rekla Leo in Bert. „Imamo pravico biti tukaj. Nikamor ne gremo.“

Odprl sem vrata.

Stali smo trdno na mestu z močnim občutkom namena in odločenosti, da se ne bomo premaknili.

***

Tokrat na čelu skupine ni bila Charlotte. Namesto nje je bil to predsednik.

Bil je višji od vseh drugih, oblečen v debel plašč, ki ga je poudarjal par usnjenih rokavic. Njegovi telesni stražarji so se držali blizu, govorili v mikrofone in bili vidno ogreti.

„Gospod predsednik,“ sem rekel s kretnjo. Iztegnil je roko brez rokavic. Predstavila sem mu Jasperja, nato Berta in Lea. „Dobrodošli v mojem domu, gospod predsednik.“

Poklonil je glavo, vstopil in vprašal: „Torej, kje sta šla skozi?“

Kako je to vedel? Ali so prisluškovali moji hiši? Bil sem jezen in to sem tudi povedal.

Charlotte je prišla naprej z iztegnjenim telefonom in pritisnila gumb play. Na njenem telefonu je bilo sporočilo Jessie in Alexa.

„Sveti oče!“ Bert je vzkliknil.

„Zakaj nisva pomislila na to?“ Leo je vprašal.

„Zdaj ne bi, kajne?“ Charlotte je dejala z neprimerno aroganco, ki je po predsednikovih dvignjenih obrveh kazala, da ni zadovoljen.

„Sledite mi,“ sem rekel in jih odpeljal v klet.

„Počakajte trenutek,“ je rekel predsednik. „Kako to, da ta stvar ne oddaja več toplote?“ Obrnil se je k Charlotte. „Mislil sem, da si rekla, da je vroča.“

Charlotte je ugotovila, da ima predsednik prav, in prosila za najnovejše informacije.

„Zdi se, da se je to zgodilo, ko so fantje odšli v praznino,“ sem ji ponudil.

„Pokliči jih še enkrat,“ je ukazal predsednik, Charlotte je poskusila, vendar se niso oglasili.

Bert je predsedniku rekel: „Ravno smo razmišljali o možnosti, da bi zdaj, ko se je ohladilo, zadevo odpeljali od tu. Če lahko odpremo praznino in spravimo fante noter ter jo odnesemo, bi to lahko šteli kot izmenjavo dobre volje.“

„Za koga?“ je vprašal predsednik.

„Tistemu, ki ga je poslal sem,“ je rekel Leo.

„Prosim, povejte mi več,“ je rekel predsednik in kmalu so se okrog njega zbrali tudi Charlotte in njeno spremstvo ter ga poslušali.

„Mislimo,“ je rekel Leo, “da je moral tisti, ki mu ta stvar pripada, nanjo namestiti vlečni žarek. Mislimo, da se je vlečni žarek pokvaril — toda v vsakem primeru moramo ta dva fanta spraviti ven, preden se spet vklopi.“

Predsednik je Leu in Bertu stisnil roko. Obrnil se je k Charlotte. „Najemi ta dva.“

Fantje so bili počaščeni, vendar so njegovo ponudbo zavrnili, nato pa so razložili svoje pretekle izkušnje z nadnaravnim, okultnim in nezemeljskim. Predsedniku sta povedala o svojih več kot petih milijonih ogledov na YouTubu in milijonih sledilcev na družbenih omrežjih.

„No, to je zelo impresivno,“ je dejal predsednik. Njegova roka je zdrsnila v žep, izvlekel je dve vizitki in ju dal fantoma. Ti so mu v zameno dali svoje vizitke.

„Zdaj pa se lotimo zadeve,“ je dejal predsednik. „Kako dobiti naše fante nazaj in to takoj.“

Naslonil sem se na steno, kot sem to počel že prej, in upal, da bom šel skozi, vendar tokrat ni šlo.

***

Zeleni predmet nam je uspelo nekoliko premakniti, tako da je bil na mestu, če bi se praznina odprla.

„Zdaj lahko samo čakamo,“ je rekel predsednik. Nato je poklical Charlotte, se nam zahvalil, ker smo bili odlični državljani, in dal predlog za odhod.

„Ali vas lahko prosim za uslugo?“ Bert je rekel.

„Seveda,“ je rekel predsednik.

„Ali lahko naredimo selfie za našo spletno stran?“

Predsednik je rekel: „Ni problema,“ in naredili so jih nekaj.

Šli smo v nadstropje in čakali na znak. Kakršen koli znak.

***

Dan se je prevesil v noč.

Zunaj je veter pihal in drhtel po strešnikih, kot da bi tekmoval sam s seboj. Zaprl sem oči, se zdrznil, pogledal in skozi luknjo v stropu zagledal žarek svetlobe v zvezdnati, zvezdnati noči.

Zavzdihnil sem in kmalu so vsi stali blizu mene in gledali navzgor.

„Whoa!“ Leo je vzkliknil. „Mislim, da je to vlečni žarek.“

„Govori o tem, da me je treba prenesti v višave, Scotty!“ Bert je rekel.

Vlečni žarek se je spustil, se prebil skozi luknjo v klet, kjer se je pritrdil na zeleni predmet. Tudi vlečni žarek je bil zelen, vendar se je lesketal in tresel, ko je segel po predmetu in ga prijel.

Ko ga je trdno prijel, se je ustavil in nato zagnal motorje. Zvok je bil oglušujoč in vsi smo si zakrili ušesa, ko je predmet najprej dvignil od stene, nato pa počasi, a vztrajno v nebo.

Nismo mogli odvrniti pogleda od njega. Lahko bi bili v nevarnosti — kljub temu nismo mogli odvrniti pogleda. Dvigoval se je vse višje in višje in v nočno nebo. Šla sva ven, da bi videla več o tem, kaj je na drugem koncu, vendar z vseh zornih kotov ni bilo videti ničesar, razen žarka zelene črte, ki je odnašala predmet.

Ko je objekt popolnoma izginil, tako visoko, da je bil neviden s prostim očesom, smo ostali skupaj in stali v tišini, dokler nisem rekel: „Dobro, objekta ni več, ampak kaj bomo naredili z Alexom in Jessie? Še vedno sta ujeta v praznini.“

„Mislim, da potrebujemo načrt B,“ je rekel Leo.

„To bomo prepustili tebi," je rekla Charlotte, pritisnila na hitro klicno številko na svojem telefonu in obvestila predsednika, nato pa razglasila primer za zaključen. „Tu ni nobenih varnostnih vprašanj in nobenih tujcev." Skupaj s svojim spremstvom se je spakirala in se odpravila do svojih vozil.

„Počakajte trenutek!" zakričal sem. „Ali vam sploh ni mar za svoje ljudi?"

„Stranska škoda," je dejala Charlotte, ko je zaloputnila vrata svojega avtomobila. Odpeljali so se.

„Mislim, da je to odvisno od nas," sem rekel.

Bert in Leo sta se pogledala.

Bert je rekel: „Žal mi je, ampak ne vemo, kaj naj storimo in kako naj jih dobimo nazaj. Tudi midva se bova odpravila, da se malo naspiva. Zjutraj te bova poklicala, če se bova česa domislila."

Jasper in jaz se nisva zabavala. Zdaj, ko predmeta ni bilo več, so vsi odhajali. Zapuščali so nas.

Jasper je odšel v svojo sobo, jaz pa sem se oblekla v pižamo in nenehno razmišljala o pogrešanih moških. Skušala sem se odvrniti z branjem skrivnostnega romana, vendar je skrivnost tik pod mojo streho zahtevala mojo pozornost. Po dveh urah premetavanja sem vstala in si naredila skodelico čaja.

Če bi vedela, da bo prišla družba, bi si oblekla hišni plašč.

***

Ob srkanju čaja in razmišljanju, kako bi rešil dilemo, sem se zazrl v zvezde, medtem ko mi je po licu stekla solza. Dva moška sta bila izgubljena nekje v praznini, brez družine, brez prijateljev, brez države. Bila sta pogumna državljana. Zaslužila sta si več.

Zgrabil sem čokoladni piškotek in že sem hotel ugrizniti, ko sem opazil svetlikajočo se zeleno zvezdo. Zeleno zvezdo? Pobrisal sem si oči, a je bila še vedno tam in mi pomežiknila. Šel sem ven, da bi si v celoti ogledal nočno nebo.

To ni bila zvezda.

Gibala se je, hitro je padala v mojo smer in postajala vse večja in večja.

„O ne!" Nikomur nisem zakričal. Nato sem poklicala Jasperja in ta je stekel ven. Pokazal sem navzgor, medtem ko sem razmišljal o hitrem koraku, če bi se morali umakniti z njegove poti.

Ko se je razmik med njima in nami zmanjšal, nisva mogla zadržati navdušenja in sva od veselja poskočila, ko se je stvar ustavila in sta bila tam.

Odprla sta se dva črna dežnika, Alex in Jessie sta zgrabila vsak po enega in začel se je njun spust proti nam. Alex in Jessie sta bila oblečena v obleki iz odsevnega materiala in sta nežno padala proti nam.

Ko sta gladko pristala, sta segla v notranjost svojih oblek in izvlekla dve zeleni plastenki. Ko sta ju odprla, sta vsebino izpila. Zlezla sta iz oblek in razkrila oblačila, v katerih sta odletela. Steklenici sta potisnila nazaj v notranjost in ju pritrdila na dežnika.

Vlečni žarek se je pritrdil na dežnike in obleke. Pomahali smo, ko so predmete potegnili v nebo, in jih opazovali, dokler jih nismo več videli.

„Dobrodošli nazaj!" Jasper in jaz sva vzkliknila.

„Lahko bi umoril skodelico čaja!" Alex je rekel.

„Jaz bi raje spil šank viskija," je rekla Jessie.

„Kdo so bili?" Vprašal sem. „Ali pa bi moral reči, KAJ so bili?"

„Vse v primernem času," sta enoglasno dejala naša vrnjena junaka. „Toda najprej si moramo privoščiti piškote in pijačo."

Prilagodila sta se na vrnitev, medtem ko sem jaz pripravljala hrano. Skupaj smo sedeli za mizo in srkali. Čakali smo. Nista imela ničesar za povedati. Nobenih vprašanj za naju, čeprav ogromnega zelenega predmeta ni bilo več v mojem domu.

Moje potrpljenje je začelo pešati, zato sem ju prosil, naj povesta, kaj se je zgodilo.

„Bile so kratke počitnice," je rekel Alex.

„Ja, plačan dopust," je rekla Jessie.

Vstal sem. „Kaj hočete reči? Kje ste bili? Kdo te je imel? Ste bili zaprti? Kakšni so bili? Kako ste jih prepričali, da so vas poslali nazaj?" Spet sem se usedel.

Jasper je nadaljeval: „In kaj je bila tista zelena stvar? Zakaj je bila tukaj? Ali so komu nakopali rit, ker jo je spustil?"

Moški so se spogledali s praznimi obrazi. Niso imeli pojma, o čem govorimo. Govorimo o nevednosti.

„Mami, mislim, da so jim vesoljci izbrisali možgane."

„Strinjam se. Govorimo o čistem listu."

Nič drugega nismo mogli reči ali storiti, kot da smo šli spat. Jessie se je ulegla na kavč, Alex pa na stol La-Z-Boy.

Alex je skočil pokonci. „Oh, preden pozabim."

Tudi Jessie je skočila. „Ja, nekaj imamo zate."

Jasper in jaz sva se spogledala, kot da bi ju kdo zbodel ali šokiral.

Jessie je iz žepa potegnil zeleno lesketajočo se torbico. Ko sem ga vzela v roko, se je zazibal in bil je zelo hladen. Odprla sem ga in zajokala. V njem je bila moževa medalja svetega Krištofa. Tista, ki sem mu jo podarila na prvo obletnico poroke.

Alex je podoben predmet izročil Jasperju. V notranjosti je bila ura njegovega očeta. Jasper si jo je takoj nataknil na zapestje. „Je kaj rekel o meni?“

Alex je rekel: „Vidi vaju vsak dan, oba. Res je, kar pravijo: tisti, ki jih imamo radi, niso nikoli daleč od nas.“

Alex in Jessie sta tokrat enoglasno poskočila. „Moramo iti.“

„Kaj zdaj?“ Vprašala sem. „Je z vami vse v redu?“

„Da,“ sta rekla skupaj. „Nekaj moramo dostaviti predsedniku. Zdaj.“

Zunaj se je ustavil avto in odšli so.

***

„To mu moramo dostaviti sami,“ sta zahtevala Jessie in Alex.

Bilo je sredi noči, vendar je predsednik privolil, da ju sprejme.

Ko sta vstopila v Ovalno pisarno, je predsednik sedel in bil oblečen v svileni kopalni plašč.

„Kaj imata zame?“ je vprašal predsednik.

Jessie in Alex sta mu skupaj predstavila predmet. To je bil izjemno velik zelen gumb. Na njem so bile naslednje besede: „PUSH ME. PRAVIČNO PRIPRAVI.“

„Kaj se bo zgodilo?“ je vprašal predsednik.

„Ne vemo.“

„Nekoga moram vprašati, enega od svojih svetovalcev. Ne morem samo...“

„Ampak vi ste predsednik,“ je rekla Jessie.

„Ja, lahko narediš vse, kajne?“

Predsednik je na mizo poleg rdečega gumba postavil še zeleni gumb. Skupaj sta bila videti precej božično.

Jessie in Alex sta rekla: „Zunaj. Zunaj. Zunaj.“

„Dobro, fantje, dobro,“ je rekel predsednik. „Gremo.“

Ko so bili zunaj, je predsednik komaj čakal, da jo potisne, in jo je tudi potisnil.

Nebo se je spremenilo iz modrega v zeleno, ko je vlečni žarek pokril državo od obale do obale in potegnil vsak posamezen AR-15.

EPILOG

Daleč, daleč stran, na planetu z zelenim nebom in zeleno zemljo, kjer so bila drevesa le še debla, so vesoljci ponovno uporabili zemeljske materiale, ki so jih zbrali.

Puške AR-15 so oblikovali v veje.

Steklenice so obesili na veje in te so žvižgale v vetru.

Dežniki so zagotavljali zaščito pred dežjem in soncem.

Kadar so vesoljci potrebovali več pištol AR-15, so prižgali gumb in predsedniki so ga vedno pritisnili.

DARRYL IN MI

Na isti dan, ko sem izvedela, da sem noseča, je umrl moj mož.

Sem na vojnem območju. Nisem sama. Moj otrok je z mano, v meni.

Prekrižam roke nad otrokom in ga ščitim, ko hodim po ulici, medtem ko okoli nas eksplodirajo bombe. Poskušam najti zavetje za naju, vendar so bombe vedno bližje in bližje.

Izgubljena sem, vendar me ni strah. Otrok me brcne v roko, da bi se pomiril. Medtem ko se preostali svet razblinja, sva skupaj.

Ustavim se in se pogledam v ogledalo na sredini ulice. Oblečena sem v živo rdečo obleko z enakimi rdečimi čevlji in črnimi nogavicami. S prsti si razmršim lase in sežem v torbico po šminko. Na steklo naredim odtis poljuba, nato pa odvrnem glavo nazaj in naredim selfie. Objavim ga na Instagramu. Ali poskušam. Nisem prepričana, ali imam dovolj ploščic.

Zaslišim kričanje sirene. Prihaja v mojo smer. Usmeri se proti ogledalu. Iztegnem roko, da bi jo zgrabil, vendar me zgrabi neka roka. Zakričim. Sirena kriči.

„Vstopi v notranjost. Si nora? Pojdi noter!" reče voznik reševalnega vozila v jeziku, ki ga ne poznam in ne razumem. Na srečo so na voljo podnapisi.

Obotavljam se, preden vstopim. Poiskati moram Darryla. Darryl je nekje tukaj in najin otrok potrebuje očeta. Darryl išče mene in mi iščemo njega. Naš otrok je magnet. Radar. GPS.

Odvrnem glavo in glasno in jasno zakričim njegovo ime: „Darryl!" Poslušam in nato ponovno zakličem. Pokličem njegovo ime in poslušam. Voznik reševalnega vozila reče, da sem nor, in vrže avto v vzvratno prestavo.

Reševalno vozilo trči v ogledalo in bomba eksplodira. Kosi letijo povsod.

Na koščkih stekla je ogromno krvi.

Zbudim se in kričim.

***

Po Darrylovi smrti sem vsako noč sanjala iste sanje. Vedno znova sem podoživljala, kako se je to zgodilo, čeprav me ni bilo tam. Šlo je za rutinsko operacijo v okviru mirovnih sil Združenih narodov.

To je mehanizem za spopadanje z boleznijo, s sanjarjenjem in doživljanjem. Poskušam najti moškega, ki ga ljubim, ko smo ga pokopali. Pogreb je bil čudovit. Bil sem tako ponosen na Darryla. Dal je svoje življenje za stvar in jaz to razumem. Občudujem ga za njegovo predanost, saj je zaradi nje postal boljši človek.

Nad njegovo krsto so obesili zastavo. V zemljo sem vrgel dve pešči zemlje, nato pa sem z jokom padel na kolena. Mama in drugi, vključno s prijatelji, so mi poskušali pomagati, vendar sem jih odrinil. Želela sem biti sama z Darrylom. Želela sem mu povedati o otroku.

Najinem otroku.

Ne bom odšla, dokler se ne bom imela priložnosti posloviti. Ob odprtem grobu sem legla na trebuh in si glavo naslonila na roke. Povedala sem mu, kako zelo ga imam rada, in se poslovila, preden sem ga poljubila in se dvignila na noge.

Mama mi je stala ob strani in takrat je bila ob meni tudi Moni. Vsaka je vzela eno mojo roko in me spet potegnila skupaj. Odpravili smo se do avtomobila.

Na poti domov sem začutila Darrylovo prisotnost. Njegove roke so se ovile okoli mene. Na podlakti so se mi naježile dlake, začutila sem njegov vonj. Čutila sem ga.

Potem ga ni bilo več.

Doma me je med vrati čakala škatla podolgovate oblike z lokom na sredini. Hotel sem vprašati, kaj počne tam, vendar me je žalost v sobi pregnala. Plavala sem od človeka do človeka in sprejemala njihove klišeje „zelo mi je žal“ in „sčasoma bo bolje“. Običajno po pogrebnem sranju.

Ko so odšli, sem se počutila prazno.

Mama me je položila v posteljo, kot je to počela, ko sem bila majhna.

Ko je za seboj zaprla vrata, sem dvignila stisnjene pesti v nebo, da mi je vzelo Darryla.

Nato sem padla na kolena in se zahvalila za najinega otroka, ki je rasel v meni.

***

Zbudila sem se in strmela v prazen prostor ob sebi ter si brisala slino s kotičkov ust. Na vratih se oglasi zvonec. Odgrnem odejo in stopim na tla. Še preden mi uspe priti iz najine sobe, prileti k meni mama s široko razprtimi rokami.

Moram jo prositi, da mi vrne ključ.

„Bila sem tako zaskrbljena,“ reče, me objame, stisne in se spet počutim kot majhna deklica. Umakne se in mi pogleda v obraz.

Potisnem si lase za levo uho in se poskušam nasmehniti. Usmerim se v kuhinjo, in ko pridem tja, napolnim lonček za kavo z vodo. Odpremo pomivalni stroj, da se zaposlim, medtem ko za mano pljuska aparat za kavo. Mama zapre vrata pomivalnega stroja, pritisne potrebne gumbe in me nasloni na stol, kjer mi ne da druge možnosti, kot da sedim.

Ona sedi na Darrylovem sedežu, jaz pa na nikogaršnjem. Ko se tega zave, se preseli na drugi, nikogaršnji stol. Vskoči, še preden mi to uspe, in nalije kavo. Svoji dodam smetano in sladkor ter srknem. En požirek je dovolj. Stečem v kopalnico. Pozabila sem, da kava pri nekaterih mojih prijateljicah sproži jutranjo slabost.

Ko se vrnem v kuhinjo, mama pripravi skodelico kamiličnega čaja brez kofeina. Ta naj bi me pomiril.

Sedim in srkam grenak, vroč napitek ter opazujem, kako se mama giblje po kuhinji kot oseba na misiji. „Pripravljam ti toast,“ reče, ko se skoraj naenkrat pojavi. Mati z nožem razkuha skorjico, kar je še en spomin na čas, ko sem bila majhna deklica. Nato namaže maslo in se obrne, da bi me pogledala.

Mama doda nekaj jagodne marmelade in gre v hladilnik. Iz njega potegne kocko sira, ki ga zdrobi na moj toast. Postavi ga nazaj na toaster (s stranjo z marmelado in sirom navzgor). Pritisne gumb navzdol, da se toast za nekaj sekund segreje.

To je še en obred iz mojega otroštva in hvaležen sem, da je tukaj.

Mama razreže toast na trikotnike in ne morem verjeti, kako čudovitega okusa je, ko ugriznem vanj. Pojedu obe rezini, nato pa popijem še nekaj čaja, saj zdaj ni več tako grenkega okusa, odkar mi je dodala nekaj kapljic medu. Misli, da tega nisem opazila.. Vzamem mamo za roko in se ji še enkrat zahvalim.

Otrok ni več lačen.

Dojenčkova mama ni več udobno otrpla.

Dojenčkova babica se ne počuti več nekoristno.

Mama pospravi in govori o tem in onem. Poslušam, ne da bi cenila njen trud, da bi odvrnila pozornost. Dopuščam ji, da misli, da njena taktika odvračanja pozornosti deluje. Če sem iskren, ne morem slediti njenim mislim in njenemu tempu. Zdi se mi, kot da jo poslušam izpod vode.

Smeje se. Skočim. Vračam se od tam, kamor so potovale moje misli. V trenutku sem nekam odpotoval. Čutil sem, da grem.

Bila sem majhna deklica, ki se je skrivala pod stopnicami. Potem sem šla po stopnicah navzgor in v omaro, kjer je bilo zelo temno. Rokavi z očetove srajce so se premikali. Stekla sem ven in izdala svoje skrivališče. Ujeli so me.

„Spomnim se tistega časa," reče mama in me vrne v sedanjost. Zdi se, kot da bi zgodbo pripovedovala prvič. „Ko si bila majhna, si skrivala skorje. Preden sem jih začela drobiti z nožem, smo jih našli v žepih, v sadilnikih. Ah, tiste v sadilnikih. Te so posrkale vodo in uničile nekaj rastlin, preden smo ugotovili, kaj počneš."

„Ubijanje rastlin," posnemam.

Pride do mene, poklekne in me vpraša: „Si v redu, ljubček?"

Skoraj se smejim njenemu smešnemu vprašanju, vendar se ujamem, preden to storim, preden rečem: „NE, Nisem v redu." Darryl. Jezus Darryl. Potisnem stol nazaj, da se med mano in mamo naredi prostor, in vstanem. Sem kot zombi. Vendar se mi ni treba hraniti s človeškim mesom. Hočem Darryla. Nasmehnem se, ko si v glavi ponavljam, da se moram nahraniti, da se moram nahraniti, da se moram nahraniti.

Zdaj, ko stojim, bi se morala premakniti. Moje noge bi rade šle nekam, kamorkoli, a se mi zdi, da počnem ravno nasprotno. Spet se usedem nazaj. Enako stori mama. Popije svojo skodelico kave, ki je verjetno že zelo mrzla.

Vstanem in rečem: „Utrujena sem." Čeprav sem se pravkar zbudila, to vem. Ona to ve. Vendar mi je za to čisto vseeno. Vrnem se v našo sobo, v svojo sobo, mama mi sledi. Ko me dohiti, mi položi desno roko na bok, kot da bi me morala voditi. Kot da bi se lahko na poti izgubil.

Pred vrati se obrnem in ji pogledam v obraz. V njenih očeh so solze, vendar se ne razlijejo. Ve, kako je izgubiti moža, saj je sama izgubila očeta, vendar to ni isto. Imela sta celo skupno življenje. Imela sta se sedemintrideset let, preden je oče umrl. Mi smo bili poročeni le dve leti in pol. Darryl ne bo nikoli videl svojega sina ali hčerke. Rad bi to rekel, vendar ne.

Mislim, da ve, o čem razmišljam, čeprav tega ne vem zagotovo. To je tista osmoza med materjo in hčerko. Poljubi me na čelo, ko me odloži v posteljo. Odide ven in za seboj zapre vrata.

Spet vstanem iz postelje, grem do ogledala in se pogledam. V oseminštiridesetih urah sem se postarala za deset let. Čeprav sem večino tega časa prespala, imam pod očmi ogromne vreče. Videti je, kot da sem ves čas jokala, a v resnici mi je solz že zmanjkalo. Moj obraz mi ni več podoben. Tujec sem celo sama sebi.

Pustim si malo vode in si jo popršim po obrazu, nato pa toplo vodo namočim v krpo za obraz, ki je Darrylova. Držim jo nad sabo, da bi ga vdihnila.

Poiščem njegovo kopalno brisačo, se slečem in se z njo ovijem okoli sebe. Obleče me in me ogreje, kot bi bila v njegovem objemu. Tako sedim že celo večnost. Kot da me drži v naročju. Solze ne tečejo. Ni več solz, ki bi jih lahko jokala. Zdi se, kot da bi naju Darryl ovil. Drži nas skupaj, nas tri, Darryla, otroka in mene.

Materino trkanje na vrata me vrne v sedanjost. Morala sem zaspati. Prehitro vstanem, ko se vrata odprejo. Darrylova brisača pade na tla.

Mati in soseda vstopita v sobo, jaz pa pravočasno zgrabim Darrylovo brisačo in skrijem svojo goloto. Začnem se hihitati in ne morem se ustaviti.

Mama in sosed so zaskrbljeni. Sosedi se iz glave izluščijo oči. Kmalu bosta poklicala moške v belih prilegajočih se jopičih, da pridejo po mene, če se ne zberem.

***

Danes je moj poročni dan in v veličastni cerkvi grem po očetovi roki k oltarju. Vem, da sanjam, ker me oče še nikoli ni peljal do oltarja. Bil je že mrtev, ko sva se z Darrylom poročila, in z Darrylom se nisva poročila v cerkvi. Najina pesem je „Tvoja pesem" Eltona Johna. To je bila Darrylova in moja pesem. Pravzaprav sva imela raje različico z Ewanom McGregorjem, saj sva oboževala Moulin Rouge.

Oče in jaz pozdraviva tiste, ki jih vidiva na poti. Babica Eleanor, ki je mrtva že od mojega otroštva, me poljubi. Iz svojega šopka vzamem rožo. Baby's breath, njen najljubši. Podam ji ga.

Nasmehne se in po licu ji steče solza.

Na drugi strani hodnika stoji moja sestrična Ruth. Z njo sva si bili v otroštvu izredno blizu. Zdaj se le redko vidiva. Pričakujem, da razmišlja o isti stvari kot jaz, ko grem mimo nje. Opomba: kmalu jo povabim na večerjo.

Tu sta Darrylova mlajša brata, Dale in Donny. Njuna starša sta imela nekaj na račun črke D. Opomba: ne nadaljuj s to tradicijo.

Vidim svojo drugo babico, mamo moje mame. Ni prišla na najino poroko. Z mamo se držita za roke in za nekaj sekund se odlepim od očeta, da bi ju oba močno objel. Kolena se mi nekoliko podrejo, ko babica stegne roko, me prime za roko in mi vanjo nekaj spusti. Instinktivno sklenem prste okoli tega; čeprav ne vidim, kaj je to, čutim, da je to ključ. Oče me potegne za roko in vrnemo se na pot po hodniku.

Moje družice, Trish in Moni (kratica za Monique), so zdaj blizu mene. V svojih starinskih belih oblekah sta videti osupljivo, ampak čakajte, jaz sem bila tista, ki je nosila starinsko belo.

Oče me obrne, umakne mojo roko s svoje roke in jo ovije okoli Darrylove. Obrnem se, da bi pogledala svojega bodočega moža, vendar to ni Darryl. Nekoč je bil Darryl, zdaj pa ni več. Je mrtev. Je gnijoče truplo.

Kričim, ko se mu iz ust izliva zelena sluz, ko se poskuša nasmehniti. Nisem edina, ki kriči.

Vsi kričijo.

Vse kriči - celo stroji.

Odpremo roko.

Pogoltnem ključ.

Povsod se razbijejo koščki stekla.

***

Odprem oči. Nisem doma, ampak v bolnišnici. Slišim tiktakanje, utripanje srca. piskanje. Šepetanje. Spet zaprem oči. Pretvarjam se, da spim.

„Ni sprememb.“

„Ne morem obupati.“

„Kaj pa otrok?“

Otrok. Ti dve besedi me vrneta v realnost, poskušam se usesti in ugotovim, da mi to ne uspe.

Ko ne morem premikati rok ali nog, začnem kričati. Primem se za trebuh, za svojega otroka, najinega malčka, in ugotovim, da je otroška bulica zdaj večja. Kako dolgo sem spala?

„Mami?“

„O, dragi! Draga,“ reče. „Vse bo v redu,“ mi prigovarja, vendar ji ne verjamem. Niti ene same besede.

„Kako dolgo sem že tukaj?“ Vprašam in moja glava je kot odmevna komora, ko besede odmevajo v moji lobanji.

Namesto da bi mi odgovorila, me objame in drži. Ko se odtrgam, drži mojo glavo v roki in se mi zazre v oči, kot da me skuša najti.

Trudim se, da ne bi mežikal, vendar se ne morem ustaviti. Ali ne sovražiš, ko se to zgodi? Takoj ko se trudiš, da nečesa ne bi počel, te telo izda in te prisili, da to počneš še bolj.

Nič ne reče. Misli, da ne prenesem resnice. Glas v moji glavi, ki govori o resnici, je glas Jacka Nicholsona iz filma *Nekaj dobrih mož*. Darrylu je bil ta film všeč. Ogledala sva si ga tolikokrat, da sem izgubil število.

„Hočem vedeti,“ se slišim reči, a glede na to, kako me gleda, nisem prepričan, ali sem to rekel na glas ali v mislih. Poskusim še enkrat, tokrat malo glasneje, in ona se odzove.

„Dovolite mi,“ reče in odide ter se čez nekaj trenutkov vrne z nekom, ki ga ne prepoznam. Oba se premikata po sobi, kot da bi v gledališču pripravljala oder za igro. Šepetata si, nato me pogledata in si še bolj šepetata.

Kako nevljudno.

Čakam, kot da sem nevidna, in se trudim, da ne bi eksplodirala.

Neznanec mi v roko zabode iglo in odidem z mislijo, da bi morali bolnišnično osebje v uličnih oblačilih prepovedati.

Spet sanjam, da hodim po ulici in iščem Darryla, medtem ko bombe eksplodirajo.

***

Udarnina na meni je zdaj še večja. Pravzaprav je opazno večja. Ko se dojenček premika, skozi kožo vidim njegove koščke. Okončine, ki delajo odtise, kot bi me obračale navzven, ko najin otrok pritiska na stene mojega trebuha.

Nisem več v bolnišnici. Sem doma, sedim v otroški sobi in se zibam na negovalnem stolu, ki se ne ziblje v običajnem pomenu besede. Namesto tega drsi.

Na stenah se vrstijo speče ovce z zzzs okoli glave, ki čakajo, da jih preštejem. Začnem šteti, nato se nasmehnem in pogledam v otroško posteljico. Čas se ustavi, mora, ker se tukaj, danes, zdaj nič ne dogaja.

Dvignem se s stola, napol buden in napol zaspan. Dotaknem se mobilnega telefona in ta začne zvoniti Frere Jacques. Pojemo skupaj, medtem ko vzamem odejo z ovco.

Odejo zlagam vedno manj in manj, dokler ne postane majhen kvadrat. Nato jo položim nazaj v posteljico in se pogledam v ogledalo v kotu.

Del ogledala je viden, del pa ne, ker ga nekaj prekriva. Približam se mu, odstranim zaščito pred prahom in razkrijem zaklad, ki je v moji družini že desetletja. Družinsko dediščino, ki jo je prenesla mama moje matere.

Okvir je hladen na otip, ko po njem potegnem prste. Je lesen in na njem so vgravirani pari prepletenih rok. Odtisi prepletenih prstov so na dotik še hladnejši. S telesom se približam, dokler se moj otroški trebušček ne pritisne ob steklo. Ne dotakne se ga. Gre skozenj. Ko se mu približujem, moj otroški trebušček izginja v njem.

Naredim korak nazaj in moj otroški trebušček se s sesajočim zvokom odklopi. Ko se oddaljim od ogledala in se vrnem na stol, na katerem sem začela, se moj dojenček ponovno udarja in udarja. Ko se usedem, se mobilni telefon ponovno zažene in začnemo drseti v skladu z njim.

Dojenček se umiri in zaspimo.

***

„Zbudite se, Cath,“ reče Darryl.

Prevalim se proti njemu in se stisnem k njemu. Dojenček se zaletava med naju. Ne moreva se tako približati drug drugemu, kot sva se včasih, vendar sva si bližje na številnih drugih ravneh.

Budilka se oglasi, jaz pa se stisnem k Darrylovemu vzglavniku in ne k njemu. Dojenček me brcne, jaz pa vstanem iz postelje in se napol budna sprehodim po hodniku do kopalnice, kjer grem na stranišče. Prižgem vodo, stopim pod tuš in pustim, da voda teče po meni.

Moj dojenček obožuje vodo in ostaneva tam, dokler vroča voda ne usahne in se spremeni v hladno. Zdaj sem lačna, oblečem si plašč in se odpravim po stopnicah navzdol, ko skozi vhodna vrata vstopi mama. Gotovo je pozvonila, ko sem bila pod tušem. Opomba: prosim mamo, naj mi vrne ključ.

„Prinesla sem darila,“ reče. Na mizo vrže celo škatlo ledenih krofov, ki so še topli in dišijo kot nebesa. Enega si vtaknem v usta, ona pa enega v svoja. Objamemo se in pojemo še drugi krof, preden se odločimo, da bomo skuhali čaj.

Moj dojenček se zahvali in mama to začuti tudi sama. „Oh,“ rečem, ko dojenček še bolj poudari svojo prisotnost in naredi nekaj, kar se zdi kot salto v meni.

„Si v redu?“ Mama me vpraša.

„Srečen je,“ rečem.

Mama opazi, da sem rekla on. Tega ne omeni. Namesto tega mi pove najnovejše govorice.

Poslušam iz vljudnosti, ne pa zato, ker bi me zanimalo lokalno dogajanje. Preden sem spoznala Darryla, mislim, preden sem ga spoznala, sem prispevala k temu, da sem se vkrcala na vlak z govoricami. Včasih sem bil celo sprevodnik brez klobuka. Včasih sem bil tudi voznik. Tako ali drugače sem bil vedno na vlaku. Pustil sem, da so me govorice spremljale.

„Si videl vrtec?“ vprašam od nikoder, medtem ko je ona sredi stavka.

Pogleda me, kot da sem tujec. „Si prepričana, da si v redu?“ vpraša z veliko gubo, ki se ji na čelu izriše v obliki vodoravnega vprašaja.

Zavedam se, da sem rekel nekaj čudnega, morda celo neumnega. Ne vem, kaj je to. „V redu sem,“ rečem in jo skušam pomiriti, da sem.

Vstanem in upam, da bo storila enako, vendar tega ne stori. Namesto tega iz škatle vzame še en krof in ga ugrizne.

Otrok me močno brcne. Kot da želi še en krof. Moram se posesati in to tudi povem. Mama mi sledi po hodniku.

„Dobimo se v otroški sobi,“ rečem.

„Okej,“ odgovori mama.

Ko se ji pridružim v otroški sobi, mama stoji pred ogledalom. Pridružim se ji, stojim ob njej in stopam vse bliže k steklu. Preizkušam, ali bo otrok šel skozi, tako kot je šel včeraj, vendar ne gre. Nobenega valovanja. Ni povezave. Ali sem sanjala?

Ko se obrnem stran, mobilni telefon sam od sebe začne predvajati pesem Frere Jacques.

„Zavrtel sem ga, Cath,“ reče, „čudovito smo okrasili, kajne? Zelo sem zadovoljna.“

Ne spomnim se okraševanja in tega nočem priznati. Kako bi lahko pozabila na kaj takega?

„Tvoja prapraprapraprababica bi bila zelo zadovoljna. Vesela sem, da ti ogledalo zdaj pripada.“

Svet se začne vrteti in bledeti. Premaknem se naprej in se skoraj prevrnem. Mama me ujame in me zloži na stol, kjer drsim sem in tja sem in tja.

„Ali ni ogledalo po pravici tvoje?“ vprašam.

„Da, ampak to me ne moti. V tej sobi je popolno.“

Ob razmišljanju o ogledalu zaspim. Mati je odšla. Tu je temno, razen luči, ki utripa v kotu malo stran od ogledala.

Otrok brca. Je nemiren. Vstanem in grem proti ogledalu. Ko se približamo, se svetloba razjasni. Dojenček brca in se premika. Odvlečem odejo in pogledam svoj odsev z otroškim trebuščkom, ki se mi vedno bolj približuje. Dojenček brcne gol.

Moja otroška bučka se udarja ob ogledalo. Dojenček ponovno brcne in zapolni vrzel med brco in steklom. Ko se stekla povežejo, se moj otroški trebušček v njem razblini. V notranjost nas vleče.

Zdaj stojim z nosom proti steklu. Še bolj se potisnem v steklo, dokler ni v njem ves moj obraz. Sledi mi glava. Moj dojenček se odvrti v odsev.

Nekje za nama se dvigne močan sunek vetra in naju potisne še globlje. Zdaj je v notranjosti dovolj mojih teles, da opazim razliko v zraku. Jesen. Listje. Tam, kjer smo bili, je bila pomlad, tukaj pa jesen. Kako je to mogoče?

Začutil sem vonj in hladen zrak, ki je švigal okoli nas in nas pozdravljal. Veter mi je šepetal po koži kot dotik.

Otrok se potiska naprej in nazaj, iščoč udobje na drugi strani. Udobje v steklenem svetu. Za pomiritev božam svojo otroško grudo in moj otrok se potiska nazaj, da bi storil enako zame.

Tam je čudovito. Sem sredi gozda. Ne, sem na plaži s peskom, čistim belim peskom in valovi, ki se razbijajo in udarjajo ob obalo.

Ne, sem v bližini gora, visokih gora, okoli katerih se vijejo poti. To je več svetov, ki so združeni v enem. Slišim ptičje petje. To so krokarji, vrane, modre soje, flamingi, kukaburre, ščinkavci, vrabci, drozgi in galebi. Na jeziku začutim sol oceana.

Pokličem: „Pozdravljeni,“ in moj glas odmeva okoli in okoli in okoli. Moj dojenček pleše ob odmevu, me žgečka in se hihita. Čutim mir, čist in sladek. Radostno. Domov.

Na drugi strani, za mano, me nekaj potegne nazaj. Nočem iti. Tudi moj otrok noče iti, a nekaj me zgrabi. Iztrga naju od tam. Nazaj.

„Kaj za vraga počneš?“ nekdo zakriči. Njegov glas je negotov, razbrazdan.

Slišim besede, vendar glas zveni, kot da je v oblaku.

***

V trenutku, ko se vrnemo, hočemo spet oditi. Želimo biti tam, obstajati tam. Samo tam in nikjer drugje.

To je Moni in je zelo jezna name. „Kaj si mislila?"

Nič ne rečem, ko se ozrem nazaj v ogledalo.

„Ne igraj se nedolžnega z mano," reče Moni. „Potovala si. Mislim, v drugi dimenziji, kajne?"

„Potovala?" Posnemam. Za trenutek pomislim, kako noro sem morala biti videti, in rečem: „Gledala sem svoj odsev, najin odsev. Otrok in jaz."

„Večina tebe je izginila!" Moni zakriči. „IZGINILA!"

Smejim se in se skušam pretvarjati, da ni videla tega, kar je videla. Poskušam jo pripraviti do tega, da bi se počutila, kot da je nora. Namesto mene. Bila sem tam. Videla sem drug svet. Prečkam sobo, stran od ogledala, se obrnem nazaj in grem k ogledalu. Stisnem pest in jo prislonim naravnost ob steklo v upanju, da se ne bo nič zgodilo, a se ni.

Moni mi sledi in naredi isto. Nato se postavimo iz oči v oči in se začnemo smejati. Gotovo sva bila videti nora. Noro. Smešno.

Dojenček brcne.

Kmalu smo spodaj. Moni pravi, da je morala moja mama oditi, zato je prišla k nam.

„Ne potrebujem varuške."

„Šest mesecev je minilo," pravi Moni, "odkar je umrl Darryl, in vsi smo zaskrbljeni zate in za otroka."

„Z otrokom in mano je vse v redu," rečem. „Še vedno ga vsak dan pogrešava, vendar je vedno lažje." To je bila laž.

„Vem, kaj bi morali storiti jutri,“ reče Moni. „Pojdimo na plažo.“

Sliši se zabavno, zato se strinjam. Vendar pa ne nameravam nositi kopalk.

***

Na plažo pridemo s košarico za piknik, napolnjeno s kosilom in različnimi dobrotami. Odpravimo čevlje in pustimo, da se nam med prsti mečka pesek, čeprav zunaj še zdaleč ni toplo.

„Z Darrylom sva poleti rada prihajala sem.“

„Zdaj in vedno je z nama,“ reče Moni.

Moni ima prav, vendar me to ne ustavi, da ga ne bi pogrešala. Hočem več kot njegove spomine. Hočem, da je tukaj in me objame s svojimi rokami.

„Pogrešam njegove roke, njegovo držanje, njegov dih. Vsak dan pogrešam vse, kar je povezano z njim.“

Moni me objame okoli rame.

„Najtežje je,“ nadaljujem, “da Darryl ne bo nikoli spoznal najinega otroka in da najin otrok ne bo nikoli spoznal Darrila.“

„Ne veš, kaj te čaka v prihodnosti,“ reče Moni.

Vem, kam s tem meri. Predlaga mi, naj spoznam nekoga drugega. Ta misel ni vredna razmisleka. Za božjo voljo, nosila sem Darrylovega otroka.

„Ne želim si nikogar drugega. Nihče ne more nadomestiti Darryla ali tega, kar sva imela skupaj. Poleg tega imam preveč zlomljeno srce. Nikoli ne bom ljubila nikogar drugega. Moje srce pripada Darrylu in samo Darrylu.“

„Ne govori tako. Ne veš, kaj te čaka v prihodnosti. Ljubezen se lahko zgodi več kot enkrat. Poglej mojo mamo. Oče je umrl, ona se je poročila z mojim očimom in drugič našla ljubezen. To ni isto. Nikoli ne more biti enaka kot tvoja prva ljubezen, vendar je še vedno lahko ljubezen. Lahko je dovolj. Moraš biti odprt zanjo. Oni so srečni in tudi ti boš lahko čez čas," pravi Moni.

Nato se spustim v sprint, kolikor lahko sprintira ženska v osmem mesecu nosečnosti, in stopim v vodo. Temperatura je hladna, a osvežujoča, in všeč mi je občutek hladu na koži.

Moni se potisne ob mene.

„Ta otrok obožuje vodo."

Moni mi položi roko na trebuh in dojenček začne brcati. „Zagotovo," reče.

Stojiva v vodi do kolen in pustiva, da naju preplavijo valovi. Dojenčku je to všeč in naredi nekaj saltov.

„Mi boš o tem povedala?" Moni vpraša.

„Ne vem, kaj misliš," rečem.

„Mislim na tisto z ogledalom, kaj si počela? Ali si potoval? Potovala po svetu?"

Razmišljam o tem in sklenem, da ima prav. Mislim, da sva z otrokom prek ogledala nekako potovala v drug kraj. V drugo dimenzijo. V glavi mi odzvanja glasba iz serije *The Twilight Zone*.

„In kaj veš o tem?" Vprašam.

„Gledam filme, berem knjige. V Alici v čudežni deželi je celo potovanje Ko sem vstopil, tebe večinoma ni bilo več in očitno je bilo, da je bilo to v ogledalu. Bila si v ogledalu. Torej, kaj si videl? Ali si kaj videla?"

„Nisem prepričan, da želim govoriti o tem," rečem, ker je to skrivnost. Za zdaj jo želim držati blizu svojih prsi. Zdi se mi, da če bi to priznala na glas, bi morda izginila. Vem, da se sliši neumno, vendar je bilo vse skupaj tako nenavadno in zgodilo se mi je le enkrat. Dvakrat se je to zgodilo otroku, enkrat pa meni. Preden o tem spregovorim komu drugemu, želim biti tam in to ponoviti.

„Obljubi mi eno stvar,“ reče Moni, ko med vožnjo domov opazujemo, kako sonce zahaja. „Obljubi mi, da ne boš šla sama. Mislim, brez nekoga na tej strani, ki bi te potegnil nazaj.“

Prikimam v nekakšno obljubo, vendar nisem prepričana, da jo bom držala.

„Nocoj bi rada ostala pri tebi, da bi ti delala družbo,“ reče Moni.

Rečem, da je v redu, ker sem preveč utrujen, da bi lahko počel kaj več kot spal, izčrpan od svežega morskega zraka. Moj dojenček se v meni sploh ne premika.

Oblečem se v pižamo in takoj zaspim. Sanjam o Darrylu, iščem ga, iščem visoko in nizko in povsod. Hodim in hodim, na nogah imam mehurje in krvavitve, a Darryla še vedno ni. Občasno naletim na nekoga ali nekaj, kar je podobno strašilu na polju. Vprašam ga, ali je videl Darryla, in kot v Čarovniku iz Oza pokaže na vse strani. Velik pomočnik je.

Tudi čudno bradato žensko, ki dela v cirkusu, vprašam, ali je videla Darryla. Smeje se in smeje in smeje.

Ker ga ni nikjer, se zbudim in vklopim prenosni računalnik. Večer preživim ob gledanju najinih fotografij. Najinega življenja.

Ko sva bila skupaj, se je okoli naju videla ljubezen. Vem, da se sliši kot neumen kliše, ampak bila je tam, zlasti ko me je Darryl pogledal ali ko sem jaz pogledala njega. Ljubila sva se z ljubeznijo, ki je ne bi bilo nikoli več v svetu, v katerem bi bila ločena.

Ko sama brskam po preteklosti, se mi zdi, da smo z njim in otrokom skupaj, ko gledamo fotografije. Otrok je v mojem naročju. Darryl je za menoj in mi gleda čez ramo, ko listam s strani na stran.

Sonce vzhaja in prinaša nov dan, ko končam.

Izčrpana grem nazaj v posteljo.

***

„Cath. Cath! CATH!"

Kaj pa? Prenehajte. Želim še naprej sanjati.

„CATH!!!"

Ugotovim, da slišim Darrylov glas. Kaj? Prebudim se. Poslušam in ga spet slišim.

„Cath."

„Darryl?"

Odgrnem odejo in odprem vrata spalnice. Zdaj, ko sem odgovorila, mi vedno znova zašepeta moje ime.

Znajdem se v otroški sobi, kjer mirno stojim in poslušam. Zdi se mi, da me je prevetril vetrič. Nato zgrabim odejo iz otroške posteljice in si jo ovijem okoli ramen. Dojenček je tiho, kot da se še ni prebudil.

„Cath."

Pogledam proti oknu. Zaradi vetra klikne in zaškriplje, nato pa ga odklene. Hladna jesen me objame z rokami, me drži in hkrati potiska.

„Cath."

Obrnem se proti mestu, od koder prihaja glas. Ogledalo. Moj otrok se prebudi in me močno brcne. Postavim se v položaj pozornosti in stopim proti ogledalu. Leseni okvir rok se premika, vrti, premika. Steklo v okvirju se lesketa in trese. Zdi se, kot da je v otroško sobo vstopil oblak, ki prehaja skozi steklo in vanj. Stopim bliže. Dvignem roko in položim dlan na površino.

*ZRCALO, KI ME ODSEVA

Z ODVEČNOSTJO.

V moje misli vdre pesem, ki sem jo prebral v srednji šoli. V glavi se mi pojavi, ko moja dlan prebije površino in izgine v steklu.

Nadaljujem, še vedno premagujem vrzel. Tam je. Še ena roka pritiska na mojo. Darrylova roka. Darrylova roka?

Da. Potrjeno, ko se oblak v ogledalu razblini. Dotaknemo se z dlanjo v dlan.

Prestrašeno se umaknem in tudi jaz potegnem roko nazaj. Otrok se z roko dotakne dlani, jaz pa se z njo dotaknem otroka. Oblak se umakne nazaj, medtem ko jaz tolažim otroka, Darryl pa izgine.

Najraje bi ga razbila.

Hočem biti v njem.

Ali sem si vse to predstavljala? Ali sem bil nor?

Sem nora.

„Cath. Vrni se. Prosim.“

Z eno roko božam najinega otroka, potem pa se roka prevesi čez, na najino stran, in drži mojo roko. To je Darrylova roka. Tu je in tolaži najinega otroka. Nekako. Na nek način. Moja ljubezen.

„Darryl.“

Njegova druga roka, tista z njegovim poročnim prstanom, gre skozi ogledalo na najino stran. Pademo vanj, v njegov objem, v ogledalo.

„Oh Cath.“

Njegove roke me pretresejo, ko jih potegne po otroku. Dojenček se obrne proti njemu in že sva na pol v njem in na pol zunaj.

„Lep je,“ reče Darryl. „Kot njegova mama.“

„Ne vemo, ali je on ali ona,“ rečem in pogledam v njegove modre oči.

„Zagotovo je on,“ pravi Darryl. „Je močan in zdrav.“

Dojenček se ob očetovem glasu zaluča in zavrti.

„Stoj mirno,“ rečem, ko se še bolj zaklenem v ogledalo. Dojenček je že skoraj ves v ogledalu, a jaz nisem skozi steklo. Vedno se lahko umaknem, če je treba. Ne vem, zakaj me skrbi. Navsezadnje je to Darryl. Kako sem ga pogrešala. Kljub temu del mene ostaja zasidran na drugi strani.

„Darryl, to je tvoj sin. Sin, to je tvoj oče,“ rečem, medtem ko mi solze kot slapovi tečejo po licih. Ne majhne, drobne ženske solze, ampak velike, debele, bujne solze deževnega dežja. Jokam.

Darryl me poljubi na ustnice. Ima okus jeseni, a je hkrati topel in hladen. Nato se skloni in poljubi najinega otroka.

„Sin, moraš poskrbeti za svojo mamo, saj je v redu, tako sem ponosen nate in na to, kar boš nekoč postal. Rad te imam. Ljubim vas oba.“

Potisnem naju in naju potisnem še malo naprej. Razmišljam, da bi šel do konca, vendar me nekaj, nek občutek, zadrži. Hočem biti tam. Želim iti skozi in biti z Darrylom, kjerkoli že je. Hočem, da smo vsi trije skupaj, za vedno. Odločno poskušam potiskati in potiskati. Hočem, da pridemo do konca.

„Ne,“ prosi Darryl. „Niti ne poskušaj. Zdaj imamo. Uživajmo, dokler lahko. Je neizprosen.“

„Hočem te. Hočem, da smo vsi trije skupaj. Vedno.“

„Imamo samo to, kar nam bo dala,“ reče Darryl. „Čas je nestanoviten prijatelj ali sovražnik. Nikoli ne vemo, kaj bo prišlo in kaj bo odšlo.“

„Ti si pesnik, pa tega sploh nisem vedela,“ rečem s hihitanjem.

Skozi okno zapiha močan veter in Darryl se umakne. Vstran.

„Pojdi zdaj,“ pozove me.

„Ne! Kam greš, Darryl?“ Kričim. „Vrni se. Prosim, ne zapusti me. Ne zapuščaj nas več.“

„Poskušal se bom vrniti, da te spet vidim, takoj ko bom mogel. Če bom lahko. Pojdi zdaj. Nekako. Vedno se me spomni. Vedno te bom cenil. Verjemi vame in potem se bova morda še enkrat srečala.“

Veter zapiha v velikanski oblak. Zaradi njega ne moremo videti Darryla. Oblak je bil prej bel in puhast, zdaj pa je črn in poln jeze.

Potegnem nas nazaj.

Pri tem se mi podrejo kolena.

Padem na tla in jokam.

Zdi se mi, kot da sem Darryla spet izgubila.

Vendar tokrat jokam za dva. Žalujem za dva.

***

„Cath, si v redu?“

Zbudim se in se spomnim, vendar je to le moja mama. Poskuša me dvigniti s tal, vendar sem pretežka.

„Poklicala sem reševalno vozilo,“ reče, medtem ko se poskušam dvigniti in ne morem.

„Hočem v posteljo,“ rečem in se borim proti novemu jokanju.

Pride reševalno vozilo in prihitijo po stopnicah. Preizkusijo moje in otrokove življenjske funkcije, in ko potrdijo, da je z nami vse v redu, mi pomagajo v posteljo.

Mama se zgraža in da bi se počutila bolje, rečem: „Z njim je vse v redu in z mano je vse v redu.“

Ustavi se na mestu. „Nisem vedela, da si že želela vedeti, kakšnega spola je otrok.“

„Uh, nisem,“ rečem. “Imam občutek, da je on.“

Zdi se, da laž učinkuje. Pretvarjam se, da sem bolj utrujena, kot sem v resnici. Zdi se, da tudi otrok spi. Ko me poljubi na čelo, gre mama ven in za seboj zapre vrata.

Več ur ležim buden, razmišljam o Darrylu in se sprašujem, kdaj se bova spet videla, kdaj se bova spet dotaknila.

***

Vsak dan po najinem obisku pri Darrylu si želim nazaj.

Natančno napišem, kaj se zgodi. Zapisovanje je smiselno. Le tako lahko zagotovim, da bodo moji nosečniški možgani ohranili moje spomine nedotaknjene. Zapisovanje vsega tega, obsedenost s tem, nama je omogočilo, da vedno znova živiva isti dan. To je kot najina lastna različica filma o dnevu norcev, le da sem tokrat jaz Bill Murray.

Darryl je rekel, da je bilo to „neizprosno“. Ali je mislil na čas?

Vprašam Moni, kaj misli. Tudi njej se zdi precej čudno.

Začnemo sodelovati in raziskovati nadnaravne pojave. Naš cilj so dogodki, povezani s potovanji znotraj zrcal na spletu.

Najdemo zanimive članke o vzporednih vesoljih. Nekateri omenjajo ogledala kot vstopne točke. Raziskave govorijo o stvareh, kot so virtualne resničnosti in dimenzijski razcepi. Govori tudi o dimenzionalnih vratih in okultizmu. Razen izmišljenih romanov pa ne najdemo pravih dokazov, čeprav najdemo nekaj trditev.

Najdemo nekaj seznamov stvari, ki jih nikoli ne smete početi z ogledali, na primer:

Nikoli ne glejte v ogledalo ob svečah, saj vam lahko pokaže zelo strašljivo različico vašega doma.

Če gledate v ogledalo med dvema visokima belima svečama, lahko vidite duha ljubljene osebe, ki je umrla. Njihova duša je lahko obtičala v vašem ogledalu.

Zaradi tega mi je srce skočilo iz ust.

Ali je Darrylova duša obtičala tam? Ni se mi zdelo, da bi bilo to slabo ali strašljivo mesto, vendar je omenil tisto neusmiljeno stvar.

Zdrznem se in preidem na naslednjo točko.

Med nevihto vedno pokrijte strašljivo ogledalo. Strela bo sprostila duhove.

Moni povem, da ko sem prvič prišel v sobo, je bilo ogledalo delno pokrito. Objamem se in se spet zdrznem.

„Najprej,“ reče Moni, “mama ga je najverjetneje postavila tja, da ne bi bilo na tleh. To ni nič. Naključje.“ Pogleda me. „Si prepričana, da želiš nadaljevati s tem?“

Prikimam in preberem naslednjega.

Slabo znamenje je, če v dar prejmete ogledalo iz doma pokojne osebe.

„O moj bog!" zakričim in si stisnem pest v usta. Nočem prestrašiti otroka, toda ogledalo je bilo v naši družini po smrti že stoletja. Pa ne kot darilo z lokom, ampak kot darilo in družinska dediščina.

Nisem prepričana, kdo je imel ogledalo, preden je prišlo v našo družino. O njem moram izvedeti več.

To razložim Moni, ki se tudi sama nekoliko zdrzne, preden prebere naslednje.

Če nekdo vidi svoj odsev v ogledalu v sobi, kjer je pred kratkim nekdo umrl, bo kmalu umrl.

„Uf, pri prvem smo v redu," reče in me pogleda, da bi potrdila, kar storim s prikimavanjem.

Preberem naslednji del.

Če se ponoči po vašem domu sprehaja duh, ga lahko ujamete z ogledalom.

To je strašljivo. Nobena od naju ne reče ničesar o tem.

Otrok se premakne.

Prelistam članek. Obstajajo znanstveni dokazi. Omenjena so kvantna zrcala in zrcala multiverse kot vrata v druge svetove.

„Vedeti moramo več. Vedeti moram več o tem ogledalu in o tem, kako je prišlo v mojo družino. Kje se je začelo? Kdo nam ga je dal in kdaj?" S tresljaji rečem: „Ne, ne, ne, ne, ne, ne, ne, ne, ne, ne, ne.

„Kako bomo to storili?" vpraša Moni in oba sediva in premišljujeva, sama, a skupaj, kar nekaj časa.

Dnevi in tedni tečejo naprej. Moni in jaz nadaljujeva z iskanjem, kadarkoli imava čas.

Slediva konceptu potovanja skozi ogledala. Ta koncept sega vse do starodavnih civilizacij.

Ogledalo pregledava od vrha do peta v upanju, da bova našla znamko proizvajalca. Brez sreče.

Ko se otrok rodi čez teden dni - plus minus nekaj dni - sediva z Monijem skupaj v moji kuhinji. Po tem, da se vedno znova začne in ustavi, vidim, da ima v mislih nekaj pomembnega.

„Morda se ti bo zdelo, da je malo noro.“

„Povej mi,“ rečem.

Dojenček brcne. Pogladim njegovo stopalo.

„Opozarjam te,“ reče Moni. „To je tam zunaj.“

„Nadaljuj.“

„Okej, gremo na to. Na spletu sem našla žensko, ki je vedeževalka in medij. Ima izjemno dober, celo odličen ugled. Pri primerih, v katere se odloči vključiti, prinaša rezultate.“

Nagnem se bližje.

„Teta Marija se ukvarja z branjem kart kot hobijem. Prebrala je o ženski, o kateri govorim. O njej je našla samo dobre stvari.“

„Jasnovidka?“ Rečem. Ne razumem medijskega besedičenja. Čeprav vem za tistega, ki je bil na televiziji, Johna nekoga. Edwards. Glasno izgovorim njegovo ime.

„Da,“ reče Moni.

„Hočeš reči, da bo ta jasnovidka stopila v stik z Darrylom?“

Moni prikima.

„Ampak jaz sem ga lahko kontaktirala sama. Ne vem, kaj bi lahko storila, da bi pomagala, saj sva bila tam že sama."

„Morava poskusiti. Potrebujemo jo. Ne zaradi Darrila, ampak zaradi ogledala," reče Moni. „Če je to potujoče ogledalo. Praviš, da je tako, ker si v njem potoval. O njem moramo izvedeti več. Ona bi ga lahko preizkusila. Mislim, da psihiki delajo teste."

„Aha," rečem in zdaj me zanima bolj kot prej. Nagnem se nekoliko bližje.

„Malo sem ji razložil, kaj se je zgodilo, ne da bi se spuščal v preveč podrobnosti. Ime ji je Anna August in vsekakor si želi spoznati tebe ter si ogledati sobo in ogledalo. Tudi jaz bi bil rad tukaj, zaradi moralne podpore. To je, če želite, da sem."

„Moraš biti tukaj z mano," rečem in dojenček se z brcanjem odzove na svoj glas. Odidem do hladilnika za vodo in si natočim kozarec hladne tekočine. „Koliko zahteva za obisk?" Po nekaj požirkih rečem.

„Petsto."

Usedem se in pritisnem hladen kozarec ob čelo.

„Vem, da je to veliko," nadaljuje Moni, "in rada bi ga ponudila kot darilo."

„To je lepo od tebe," rečem. „Ampak če bi se midva z njim dogovorila petdeset na petdeset in bi bila polovica tvoje darilo, bi bilo to čudovito. Kako ga zbira? Mislim, vnaprej?"

Moni razloži, kako bi to potekalo. V znak dobre volje morava takoj poslati desetodstotni predujem. Ana bi nam poslala potrdilo o prejemu, se dogovorila za datum in uro osebnega obiska. Na dogovorjeni datum bi bilo treba ob prihodu poravnati preostanek zneska.

„Ob prihodu?" Vprašam. Zdi se mi malce predrzno, da tako vnaprej zahtevaš denar, ampak po drugi strani, kdo je poznal protokol za vedeževalce?

Moni iz hladilnika vzame kozarec pomarančnega soka in ga dolgo pije. „Glede na njihovo spletno stran je dostava možna ob vstopu v dom njihove stranke, kar ste vi."

„Oh, torej ne obljublja ničesar v zameno?"

„Uh, ne," potrdi Moni. „Ampak imam občutek, da je to v svetu jasnovidcev običajno. Ko privoli, da bo prevzela tvoj primer, se v celoti zaveže. Želi zagotoviti, da bodo tudi njene stranke. Lahko izbira, komu bo pomagala. Če bo svojim novim strankam povedala, da želi predplačilo, preostanek pa vnaprej, bo lahko izločila čudake."

Smejim se in se sprašujem, ali bi me imela za čudaka, tudi če bi plačal vnaprej. „Ali je, ali je Anna domačinka?"

„Ne, je iz mesta, vendar je vedela, kje živiš. Še preden sem ji povedala tvoj naslov. Rekla je, da je zadnjih nekaj mesecev na tem območju čutila čudne motnje. Pravzaprav je bila tako močna, da je razmišljala, da bi jo sama raziskala."

To se sliši zanimivo in pretirano hkrati. „Hočete reči, da je imela slutnjo?"

„To sem se spraševal tudi jaz, vendar je rekla, da ne. Čeprav jih pogosto ima. V tem primeru je čutila psihično motnjo. Nekaj jo je preplavilo. Lasje so se ji naježili. Takšne stvari."

Ob gledanju grozljivega filma se mi to zgodi, vendar tega ne povem. Namesto tega se strinjam, da ji bom poslal predplačilo in ji ob prihodu plačal celoten znesek. „Moramo izvedeti več in nimamo veliko možnosti."

„Veliko je drugih možnosti," reče Moni, "toda Anna ima ulični ugled. Poskrbela bom, da se bo to zgodilo čim prej."

***

Tretjega maja ob treh popoldne pride k meni domov priznana jasnovidka in medijka Anna August. Moni in jaz se skrijeva za zavesami. Opazujeva jo, kako iz svojega vozila stopi na mojo dovozno cesto. Obe sva zelo radovedni in jo želiva preveriti, preden jo srečava v živo.

V zadnjih nekaj tednih sva z Anno obsedeni. Hkrati sem postal obseden z ogledalom, odkar mi je Anna rekla, naj se držim stran od njega. Z njo nisem govoril, vendar je vztrajala, da mi Moni posreduje nujno sporočilo.

Sporočilo je bilo, da bo vedela, če bom še enkrat vstopil vanj. Najin dogovor bi bil preklican. Prav tako, da bo ne glede na to še vedno potrebno celotno plačilo.

Če ne bi upoštevala opozorila, bi bil to zanjo lahek zaslužek. Plačana bi bila, ne da bi sploh prestopila moj prag. Njene besede so me tako prestrašile, da sem zaklenil vrata otroške sobe. Za vsak primer.

Anna je stara okoli šestdeset let in je čedna ženska. Ni lepa, ampak je privlačna. To ni mišljeno kot žalitev. To je način, kako se nama obema zdi. Je zelo visoka, skoraj sedem metrov, in ker nosi lase na vrhu spete v čop, je tudi njena postava zelo visoka. To še poveča njeno višino.

Oblečena je v krvavo rdeč plašč z visokim ovratnikom in črnimi gumbi v obliki srca. Na nogah ima debele črne kline. Na obrazu ima najmanjši dotik maskare, rdečo šminko in nič več. Temno črni lasje za njenim levim ušesom so razkrivali črn uhan v obliki srca. Popolnoma se je ujemal z gumbi na njenem plašču.

Anna se je z močnim občutkom odločnosti in namena sprehodila proti vhodnim vratom. Malo se pozibava na svojih klinih, mi pa se hihitamo. Ko nas Anna opazi, nam pomežikne in nad seboj naredi znamenje križa. Nato se obotavlja in naredi križ nad mojo hišo.

Vse, kar je Anna naredila, nas je tako razpršilo in prevzelo, da nismo opazili moškega, ki ji je sledil za hrbtom.

Visok je skoraj meter in pol, ima črne lase in črno brado. Oblečen je v črn plašč, oči mu ščiti črna kapa, nosi črne hlače in čevlje. Kot temen samotarski oblak se pomika mimo. Spoznamo, da je sklonjen zaradi tega, kar nosi na hrbtu: majhno črno deblo. Čeprav je majhno, je njegova teža dovolj, da se zgrbi.

Anna udarja po kljuki na vratih, mi pa jima hitimo naproti.

***

Anna se kot veter zavihti v notranjost, temni oblak pa ne zaostaja daleč za njo. Najprej iztegne roko proti meni in me prime za drugo roko. Pogleda mi v oči in jaz v njene - te so bile nenavadnega odtenka zelene barve z drobnimi rdečimi lisami po zenici.

„Zelo sem vesela, da te končno spoznavam,“ reče, iztegne roko in se ustavi, preden se dotakne otroka. Pokimam, da ji to dovolim, in ona položi svojo odprto dlan na otroka. Pričakujem, da bo odrinil, da bi potrdil njeno prisotnost, vendar tega ne stori.

„Gotovo spi,“ rečem. Iz nekega čudnega razloga imam zaradi tega, ker se ne predstavi z brcanjem, občutek, da sva nesramna.

Anna odvrže plašč. Obrne se k Moni in jo pozdravi. Predstavi naju svojemu možu, ki stoji v ozadju in si razteza hrbet. Ime mu je Ballard.

Stopim do njega in si podamo roke. Potrebuje pomoč pri snemanju prsnega koša s hrbta, zato mu pomagam. Nato se vzravna in dvigne. Konec koncev ni tako majhen. Za moškega je majhen in Anna v svojih klinih se dviga nad njim.

„Posvetimo se dolgočasnim podrobnostim,“ predlaga Ballard.

„Da,“ reče Anna.

„Misli na denar,“ zašepeta Moni.

S stranske mizice vzamem svojo torbico. V njej je celoten znesek, ki ga izročim Anni, ta pa ga da Ballardu.

„Hvala,“ reče Anna.

Ballard vzame denar in prelista po kupu. Prepričan je, da je tam celoten znesek, in ga pospravi v žep svojega plašča.

Anna reče: „Zdaj bi si rada ogledala sobo.“

Vsi trije, Moni, Anna in jaz (oziroma štirje, če prištejem še otroka), se odpravimo proti otroški sobi. Ozrem se nazaj in vidim Ballarda, kako v žepu išče ključ, ki ga vstavi v ključavnico in odpre prtljažnik.

Radoveden sem glede ključa, še bolj pa me zanima njegova vsebina. Ballard nadaljuje. Pozornost usmerim nazaj na to zadevo.

„V doglednem času,“ reče Anna, ko nas pelje naprej. Vidi, da radovedno gledam Ballarda. Zdi se, da ji nič ne uide.

Preden pridemo do vrtca, se Anna nenadoma ustavi. Skoraj se zaletavam vanjo, saj sem zdaj v ozadju skupine, Moni pa je na čelu.

Anino dihanje se spremeni. Diha in njena lica postanejo zelo rdečkasta. S stisnjenimi pestmi zgrabi steno na desni in drugo steno na levi ter nepremično stoji. Njene pesti se razprejo kot cvetoče vrtnice. Roke položi plosko in odprto na površino sten na obeh straneh.

Njena glava odleti nazaj, oči se široko odprejo in gledajo v strop. Celotno telo se ji začne tresti in krčevito drgetati, kot bi imela epileptični napad.

****

Nekaj jo preplavi po telesu. Karkoli že to je, vidim, kako si utira pot skozi njo. Pogledam Moni, ki ji oči že skoraj izstopajo iz lobanje. Segam čez Anino ramo in vzamem Monijino roko v svojo. Stojiva nepremično in ne veva, kaj naj storiva. Anna še naprej vibrira in se zvija.

Tedaj je tam Ballard in nekaj položi na Anino obrnjeno čelo. To je srebrno.

Vidim, da se bliska v svetlobi, vendar ne morem razbrati, kaj je to. Najprej zameglitev, nato lesk. Kmalu Anine roke in glava padejo. Potem je spet med nami.

„Žal mi je, moja ljubezen,“ reče Ballard. „Nisem pričakoval...“ Ustavi se in pogleda Moni in mene, ki še vedno stojiva skupaj in se drživa za roke.

„Jaz tudi ne," reče Anna, medtem ko globoko vdihne in nekajkrat izpusti, da bi se pomirila. „To je bil močan nekaj ali nekdo. Ali lahko spijem kozarec portovca, preden nadaljujemo?"

Začnem govoriti, da v hiši nimam portovca. Ballard, ki je prišel pripravljen, iz notranjosti suknjiča izvleče bučko. Odvije pokrovček in ga poda Anni.

Ko poskuša srkniti požirek, se ji tresejo roke. Ballard ji pomaga.

Anna si z roko obriše usta. Še vedno vidim, kako se ji tresejo prsti, ko ji vrača stekleničko. Ballard mi ponudi požirek. Zaradi otroka ga zavrnem. Tudi Moni zavrne, vendar se Ballardu zahvali za ponudbo.

Anna prekine tišino. „Zdaj pa nadaljujmo."

***

Preden pridemo do vrat otroške sobe, se ta zaloputnejo. Sila je tako velika, da se mi zdi, da bo zlomila tečaje. Potisnem se mimo spremstva in si z obsegom svojega otroka utiram pot.

Ko sem pri vratih, sežem v žep po ključ. Ko je odklenjen, poskušam obrniti kljuko. Pravim, da poskušam iz dveh razlogov.

Prvič, kljuka se ne premakne, in drugič, je vroča, tako zelo, da kričim, ko se mi koža stopi vanjo. Kot bi se kovinski ročaj privaril k meni, moja koža pa se zapeče in smrdi, kot da me pečejo na žaru.

Ko se še naprej trudim ločiti od ročaja, je moje pekoče meso že skoraj vonj po slanini. V naslednjih nekaj sekundah se mi zdi, da se je čas ustavil, in namesto na bolečino se osredotočim na ročaj. Z enim samim gibom se ločim. Ročaj se premakne. Za trenutek mislim, da se bo obrnil in odprl, vendar se ne.

Pogledam na levo, kjer stoji Moni, strmi in se sprašuje, kaj naj stori, vendar ne stori ničesar. Pogledam Ballarda, ki gleda Anno, ki ima zaprte oči in izgovarja besede.

Gledam in poslušam njeno mrmranje ter se zavedam, da gre za zaklinjanje ali urok. Vsaj tako je bilo videti na podlagi izmišljenih televizijskih oddaj, ki sem jih videl s čarovnicami.

Ali vedeževalci izvajajo zaklinjanje ali uroke? Nisem bil prepričan, a karkoli je načrtovala, sem upal, da ji bo uspelo.

Ko mi ta misel preleti skozi misli, se je toplota kljuke vrat povečala z devet na deset in zavpila sem od bolečine. Ballard se požene proti meni z vialo žganja v roki in mi vsebino razprši po roki. Dimlja in pljuva ter diši kot razkuhan božični puding.

Deluje in moja roka se odlepi od ročaja. Ballard me odpelje stran od vrat. Mirno stojim, medtem ko Moni poda Ballardu komplet prve pomoči, ki ga je prinesla iz kopalnice. Zavije mi roko v gazo, potem ko jo poškropi s tekočino za lajšanje opeklin. Ta ohladi temperaturo moje kože. Ko jo ovije z gazo, je bolečina minimalna.

Ko se vrnemo na hodnik, Ane ni nikjer, a vrata v otroško sobo so na široko odprta.

Tokrat vodi Ballard, Moni in jaz pa mu sledimo nedaleč zadaj. Ballard drži desno roko iztegnjeno pred seboj, kot da pričakuje prihod nevidnega in neznanega. Če bi imel v roki križ, to ne bi bilo na mestu. Za svoje dobro sem gledal preveč televizije.

Ko je Ballard v otroški sobi, zašepeta: „Anna." Stoji na vratih in nama z Moni prepreči vstop v sobo.

Brez odgovora.

Ballard stopi do konca in še vedno kliče Anno, mi pa gremo za njim.

Okno je na široko odprto, kot je bilo na dan, ko sem vstopila v ogledalo. Vendar je ta veter zelo močan. Zavese odnese naprej. Zavese se valovijo in kot duh lebdijo nad tlemi.

Leteče zavese me vodijo v smer ogledala. Moni in Ballard storita enako, vendar sta tokrat za mano, ko se približujem ogledalu. Odejo, ki je bila nekoč prekrita z ogledalom, sem zdaj zmečkal na tleh.

„Anna!“ Pokličem.

Ballard zakriči ime svoje žene.

Čeprav ga ne poznam, mi zaradi višine in tona njegovega glasu po vseh podlakteh nastajajo gosje kožice. Obrnem se in ga pogledam ter vidim čisti strah. Zdelo se mi je absurdno, da je tako prestrašen. Ballard je njen partner v vseh pogledih. Njuno skupno življenje je osredotočeno na pomoč ljudem, da se povežejo s svojimi bližnjimi na drugi strani. Sta profesionalca.

Odpravim se do ogledala. Z enim samim velikim korakom se s celotnim telesom zapeljem vanj.

Zadnja stvar, ki jo slišim, je Moni, ki kriči moje ime.

***

Na drugi strani je popolna tema.

To je drugače kot prej. Strašljivo.

Naredim dva koraka naprej. Pod nogami mi nekaj zaškriplje. Malo se odmaknem na stran v upanju, da česar koli že je bilo, ne bo tam, vendar je. Napredujem, stopim na nekaj večjega, preden se malo spotaknem in se nato ustavim.

Preveč me je strah, da bi se premaknil, in ugotovim, da je ta prostor videti natanko tako, kot sem pričakoval, da bo videti notranjost ogledala. Ne pričakujem pa vonja. Vonj je mrzel, kot bi gnilo jesensko listje. Objamem se z rokami okoli sebe.

Ne premaknem se, upam, da se bodo moje oči prilagodile in navadile na temo.

Minejo sekunde. Še vedno ne naredim koraka v nobeno smer. Občasno čutim, da se zibam. S tako velikim trebuhom stati pri miru ni lahka naloga. Zdi se mi, da bi se lahko prevrnil. Gladim svoj trebušček in se trudim ostati mirna.

Kje so gozdovi, plaža in gore? Kje sta sonce in jesenski vetrič? Tu se zamrznjen zrak ustavi.

Sprašujem se, ali je to druga dimenzija.

Zakaj se mi zdi ta kraj tako neznan, medtem ko se mi je drugi zdel domač? Bila sem neumna, da sem vstopila, ne da bi vedela, da je tu Anna.

Zaslišim škripanje in nato Annin glas. „Cath?"

Ko odgovorim, se moje telo strese.

„Cath," reče, "oditi moraš od tu."

V želji po normalnosti božam svojo otroško brco.

„Ali veš, koliko korakov si naredila, ko si vstopila?" Anna vpraša.

Povem ji, da nisem naredila veliko korakov, vendar jih tudi nisem štela.

Vpraša me, ali bi se lahko obrnila, če bi vedela, v katero smer sem prišla, in rečem, da mislim, da vem.

„Obrni se in pojdi v smeri navzven,“ naroči Anna. „Sledila bom zvokom tvojih korakov. Zvok me bo vodil in skupaj bova prišla ven.“

Pomislim na Darryla, ko sva se prvič srečala. Ob teh veselih mislih, ki so v ospredju mojega uma, se mi v glavo vsili spomin. Spomin se je nanašal na nekaj, kar sem prebrala ali gledala. O demonih v temi, ki so prevzeli glasove tistih, ki jih poznamo, včasih celo tistih, ki jih imamo radi. Pri tem se demoni pretvarjajo, da so tisti, ki niso.

Umirjam misli in odganjam te misli, pri čemer se okrepim z mislijo na Darryla in otroka. Obrnem se in iztegnem roke, da bi začutila svojo pot. Zaradi škripanja se počutim panično, vendar sem vedela, da nisem šla predaleč. Hodim naprej kot slepi zombi in ne čutim ničesar.

Naredim še dva koraka v levo, še vedno v isti smeri kot prej, in spet iztegnem roko predse. Še vedno nimam stika z ničemer. Še dva koraka.

Tam je. Začutim ga in stopim naprej. Ballard in Moni me potegneta do konca poti.

Anna me zgrabi za rep srajce in gre prav tako skozi.

Varni smo.

Vrnili smo se.

***

Ko mi Moni pomaga čez sobo, jokam. Usedem se v fotelj, kot bi na svojih ramenih nosila težo sveta. Gladim svoj otroški trebušček in si prepevam Frere Jacques, da bi umirila srce in um. Moj dojenček se ne odzove z brcanjem, vendar ni nič slabši.

Moni prinese skodelico vročega čaja. Roke se mi preveč tresejo, da bi jo lahko držala. Dvigne mi jo k ustnicam in srknem požirek.

Anna v kotu, zunaj dosleha, šepeta Ballardu, medtem ko vleče iz bučke. Trese se, Ballard pa se občasno zazre v mojo smer in nato nazaj na svojo ženo. Rešil sem jo, pripeljal sem jo nazaj. Zanima me, o čem se pogovarjata, vendar sem preveč utrujen, da bi se vtihotapil v njun pogovor.

„Kako dolgo?“ Vprašam Moni.

„Osem ur.“

„Ni moglo biti osem ur!“

„Zunaj je temno. Vidiš?“ Odgrne zavese in namesto dnevne svetlobe se zunaj pokaže tema. Nagne se in vpraša: „Kako je bilo Darrylu?“

Moj sin me tako močno brcne, da mi vzame sapo. Preko kože božam njegovo stopalo. „Umiri se, sin.“

Moni počaka, da se otrok umiri, nato pa vpraša: „Če Darryla ni bilo, zakaj te ni bilo tako dolgo?“

„Ne vem,“ rečem in pogledam proti Anni v upanju, da mi bo ponudila nekaj odgovorov. Navsezadnje je edina strokovnjakinja v sobi.

Anna še enkrat potegne iz bučke. Ko vidi, da jo gledam, se spotakne čez sobo. „Si v redu?“

Anna stoji na moji levi, Moni pred mano, Ballard pa na moji desni, kot da sem središče polkroga. Zdrznem se. Moni mi čez ramena vrže odejo.

Anna pravi: „Ogledalo ima veliko obrazov. Tisto,“ pokaže nanj, “bi moralo biti uničeno.“

„Ampak zakaj?" Vprašam s škripajočimi zobmi. „Že desetletja je v moji družini in mi je prineslo Darryla."

„Predlagam, da ga pošljete stran, če ga ne morete uničiti. Če bo v vaši hiši, vas bo spet klical in vas mikal, da bi vstopili vanjo. Naslednjič morda ne boste imeli te sreče. Naslednjič boste morda za vedno obtičali tam."

„Poslušajte mojo ženo," reče Ballard. „Ve, o čem govori, in vse, kar želi, je, da tebi in tvojemu otroku prepreči škodo."

„Lahko bi nama škodovala, vendar nama ni," rečem. „Bilo je temno in vlažno, vendar sem bil že v hujših krajih, veliko hujših krajih."

Anna se obotavlja, malo hodi, potem pa reče: „Hrustljajoči zvok. Kaj ste mislili, da je to?"

Ballard stopi k ženi in ji zašepeta v uho. Spet se obrneta proti meni.

„Listje," odgovorim. „Mrtvo listje."

Annine oči se zasvetijo, ko pogleda svojega moža. „To je bil zvok lomljenja kosti. Kosti drugih, ki se niso nikoli vrnili."

Zavzdihnem in se trudim, da ne bi zakričala. Razmišljam o zvoku, ki sem ga slišala, in se sprašujem, ali si ga je izmislila, da bi me prestrašila. Če bi stopila na kosti, kako bi se to slišalo? Kakšen bi bil občutek pod mojimi nogami? Zvenele bi natanko tako kot tiste v ogledalu.

„Zdaj pa pojdimo od tu," reče Anna. „Naredili smo vse, kar smo lahko. Tu ne moremo več biti. Zapomni si moje besede, če ne uničiš te stvari, potem je na tvoji glavi."

Ko se oddaljita od mene, zakličem: „Zakaj me niste počakali? Zakaj ste vstopili v ogledalo brez mene? Prej je bil tam moj mož Darryl. Vse je bilo varno in dobro. Zakaj niste počakali?" Vstanem in jima sledim v pričakovanju odgovora, pojasnila.

Anna hodi naprej.

Ballard se ustavi in razmišlja, da bi nekaj rekel. Premisli si. „Pojdi, moja ljubezen. Ta ženska ne ceni tvojega žrtvovanja ali nasveta."

„Njeno žrtvovanje? Šel sem tja in jo pripeljal ven! Jaz sem jo rešil."

„Umirite se," reče Moni. „To ni dobro za otroka."

„Pojdi iz moje hiše," zakričim.

Ko si Ballard pritrdi prtljažnik na hrbet, z ženo zapustita mojo hišo.

S stisnjenimi pestmi stojim tam, medtem ko mi voda teče po nogah. Preplavi me omotica in padem na tla.

***

To vendarle ni voda. To je kri.

To sem ugotovil šele, ko je po cesti pripeljal reševalni avto in so me pregledali. Življenjske funkcije so v redu, vendar vztrajajo, da gremo v bolnišnico.

Počivam, privezana na aparate in monitorje, in se počutim hvaležno, da sva oba s sinom v redu. Nič več in nič manj.

Moni pokliče mojo mamo, ki hitro pride. Sedela je z mano, me držala za roko in mi govorila, da bo vse v redu. Zdaj trdno spi na stolu.

Ko jo gledam, kako spi, se zavem, da so mame podobne bogovom. Od trenutka spočetja se v vsem zanašamo nanje. Ko nam razlagajo, da bo vse v redu, čeprav vemo, da tega ne morejo vedeti, jim še vedno verjamemo. Če bi nam rekli, da je nebo oranžno, bi jim morali verjeti. Zakaj bi nam lagali? Naše matere so medicinske sestre, zdravnice, svetovalke ali svetovalke, učiteljice, filozofinje in naše prijateljice. Matere nosijo toliko klobukov.

Občutim svojo otroško bujino in razmišljam o svojih zmožnostih, da bi izpolnila vlogo matere in edinega starša za svojega sina. Upam, da se bom lahko kosala z močjo in pogumom svoje matere. Če mi bo uspelo doseči osemdeset odstotkov tega, kar je bila ona zame, bom vesela.

Upoštevam, kaj mi je povedal zdravnik. Krvavitev ni bila nič resnega. Bila je začasna in se je ustavila. Dojenček je v redu in ima močan srčni utrip. Še vedno pa datum poroda ni več daleč in želijo, da sva tukaj.

Odmaknem se in razmišljam o razočarani Anni. Njen prihod in ponudba za pomoč sta se tako dolgo pripravljala. Prosila sem Moni, naj stopi v stik z njo in preveri, ali bi lahko zapolnila nekatere vrzeli. Želel sem vedeti, kaj se ji je zgodilo, preden sem vstopil v ogledalo. Kaj je vedela? Kaj je videla?

Prav tako sem želel vedeti, zakaj je skočila v ogledalo, še preden je bil kdo od nas v sobi.

Solze so se mi v tihem joku razlile po licih. Tako zelo pogrešam Darryla. Življenje bi bilo povsem drugačno, če bi bil tukaj. Življenje je prekratko, preveč dragoceno, da bi zapravili en sam trenutek.

Padem nazaj na vzglavnik in zaprem oči.

***

Noge se odlepijo od tal. S krili metulja monarha poletim na prosto. Dvignem se vedno višje v nebo, medtem ko mimo mene preletavajo letala. Potniki mahajo skozi okna. Ptice se ustavijo. Ena se usede na mojo ramo. Odpira in zapira kljun v pesmi, kot da se želi pogovarjati z mano. Odleti, srečna, da je poskušala komunicirati s svojim nebesnim sopotnikom.

Pod menoj mi sledi majhna krilata oseba. Pogladim svoj otroški trebušček, vendar ga ni več. Krilasta oseba spodaj je moj otrok. Njegove peruti so modre in črne. Uči se leteti. S težavo si utira pot proti meni.

„Mama,“ kliče.

Obvisim na mestu in čakam, da me dohiti.

„Mama,“ še enkrat pokliče.

Spustim se navzdol, dokler nisva drug ob drugem. Vzamem ga za roko.

Skupaj se dvignemo.

Odvrnem glavo nazaj, še vedno držim njegovo roko v svoji, in nebo se v delčku sekunde spremeni iz dneva v noč. Zrak se spremeni iz toplega v hladnega, veter se dvigne in naju odriva.

S sinom se drživa skupaj in se trdno oklepava, sinhrono mahava s krili. Brez moči.

Pride grmenje. Po nebu za nama in pod nama švigajo strele, ki so vedno bližje in bližje.

Neposreden udarec v moja krila. Na njegovih se vžge iskra.

Padamo nazaj, od koder smo prišli.

***

Zbudim se s kričanjem. Toliko o tem, da nisem zbudil mame.

Sanje so bile tako resnične, tako žive. Zaradi njega so monitorji utripali in piskali. Prihitelo je bolnišnično osebje in prevzelo nadzor.

„To so bile samo sanje," rečem, da bi jih pomirila. Kljub temu še naprej hitijo naokoli.

Z oči si obrišem spanec.

Z mamo je nekaj narobe. Niso prišli po mene.

Položili so jo na bolniško posteljo in jo odrinili iz sobe. Kolesa jo s škripanjem odpeljejo stran od mene.

„Kaj se dogaja?" zakričim. Poskušam vstati, da bi šel z njo, da bi bil z njo. Dohiteti moram spremstvo.

Vendar sem privezan. Poskušam se osvoboditi. Ne dovolj hitro.

Medicinska sestra mi v roko zabode iglo.

Zadnja stvar, ki se je spomnim, je, da sem jo preklinjala.

***

Moni je ob meni, ko se zbudim. Ko sem zaspal, je bil dan. Zdaj je tema. Vse skozi okno je videti črno in brez zvezd.

Ko skušam sestaviti koščke, me sin močno brcne. Zdi se, kot da me opominja, naj ga postavim na prvo mesto, kot da bi to potreboval. Najprej so bile strašljive sanje. Potem je bila mama v težavah, bolna ali kaj podobnega.

Spet se vrnem v realnost.

Moni mi poda kozarec vode. Z njo sva prijateljici že tako dolgo, da se mi včasih zdi, kot da imava telepatsko povezavo. Moni je najboljša prijateljica na svetu. Ne vem, kaj bi počela brez nje.

„Hvala," rečem, ko naredim požirek in začutim, kako se hladna voda spušča v moj zelo prazen želodec. Nič čudnega, da moj dojenček noro brca. Potrebujem okrepitev, saj danes nisem jedla. Ne da bi bila bolnišnična hrana kaj posebnega. Moni vprašam, ali bi se lahko prikradla ven in mi za poslastico prinesla kaj iz hitre prehrane.

Moni kot običajno logična oseba predlaga, naj pokličem medicinsko sestro. Vprašaj, ali lahko naredijo kaj zame, da ne bi motila njihovih prehranskih zahtev zame in otroka. To se mi zdi dober nasvet, čeprav bi umorila cheeseburger, krompirček in šejk.

Medicinska sestra je ustrežljiva in reče, da bo čim prej prinesla nekaj posebej zame. V bolnišničnem jeziku, kar je pomenilo, da takoj, ko bom dosegla vrh hierarhičnega reda. Prvi vstopi, prvi dobi.

Z eno roko drgnem svojo otroško brco in popijem še več vode, da bi zadržala napade lakote.

„Morava se pogovoriti,“ reče Moni.

„Poslušam.“

„Prvič, tvoja mama je v redu. Imela je možgansko kap, vendar po mojem vedenju ni bila velika. Ne poznam natančnih podrobnosti, ker nisem družinski član, vendar imam vtis, da bo popolnoma okrevala.“

Z olajšanjem vdihnem in Moni spomnim, da je kot sestra, ki je nikoli nisem imela.

„Imam sestro,“ reče Moni, “vendar si ti moja izbrana sestra.“

„Rada te imam,“ rečem.

„Tudi jaz te imam rada.“

Nekaj časa molčiva, potem pa Moni reče: „Govorila sem z Anno za tebe. Obisk v tvoji hiši in v ogledalu ju je popolnoma prestrašil.

Ta dva nista novinca. Ona, hočem reči Anna, se še nikoli ni počutila tako blizu čistemu zlu kot takrat, ko je bila v tvojem ogledalu.“

Spomnim se občutka blaženosti, ko sem bil z Darrylom. Občutek njegovega dotika. Njegova povezanost s sinom. To, kar je govorila, se mi je zdelo smešno in tako tudi pravim.

„Kaj misliš?“

„Prvič, tudi jaz sem bila tam. Da, bilo je zelo temno. Bilo je vlažno in celo nekoliko smrdljivo, vendar v zraku nisem čutil prisotnosti zla. Če bi se v tej temi skrivalo zlo, bi lahko kadarkoli zajelo kogarkoli od nas. Bila sva mu prepuščena na milost in nemilost. Zakaj torej ni storilo ničesar?“

„Pravi, da si hudič želi le duše poškodovanih. Tistih, ki so zagrešili zlo ali storili zla dejanja. Edina izjema so tisti, ki pridejo k njemu prostovoljno in imajo čisto srce.“

„In Anna, kako se umešča v ta scenarij? Vprašam.

„Anna je dejala, da če tebe in še posebej otroka ne bi bilo tam, bi jo tista stvar vzela. Pravi, da ji je šepetala, da je izgubljena, da je njegova, preden si vstopil v ogledalo. Ko ste to storili, je iz otroka izšla svetloba. To ni bila svetla svetloba. Bila je šibka, vendar je bilo dovolj, da je vedela, da ste tam. Ta svetloba jo je pripeljala do tebe in v zadnji možni sekundi te je zgrabila, ti pa si jo potegnil ven. Brez otroka, brez tebe bi bila izgubljena, njena duša bi za vedno obtičala tam.“

Ne da bi o tem razmišljala, pobožam otrokovo stopalo. Obrne se v meni.

Dvignem pogled, ko v sobo vstopi neznanec z odložnim pismom. Na obrazu ima gubo, veliko kot Veliki kanjon, vendar je nekako rdeč in bled hkrati.

„Ste Cath?“ vpraša.

***

Ne nosi bele halje in ni družinski član ali prijatelj.

Prikimam in potrdim, da sem jaz.

V odgovor zakliče: „Prinesite ga.“

Dva dostavljavca prineseta velik pokrit predmet.

Še preden ga razkrijeta, že vem, kaj je to. Ogledalo. „Kaj to počne tukaj? Nisem vas prosil, da ga prinesete.“

„Tukaj se podpišite.“ Moški poda Moni pisalo. Najprej ga noče podpisati, vendar moški poviša glas. Grozi, da bo povzročil prepir, zato se podpiše, vendar šele potem, ko ji rečem, naj to stori.

„Kaj bomo naredili z njim, se bomo dogovorili, ko bosta ta dva blatenca - brez žalitve - odšla.“

Moni se nasmehne in tudi jaz se nasmehnem.

Dostavljavci se umaknejo.

„Kaj zdaj?“ Moni vpraša in stoji čim dlje od ogledala, ne da bi šla skozi vrata.

Počutim se varno na postelji, zavita v odejo. Od tu lahko po svojih najboljših močeh poskušam ignorirati slona v sobi. Kaj za vraga je počel tukaj in kdo ga je poslal?

***

Moniin telefon zazvoni, zaradi česar oba poskočiva. Ukvarja se s potiskanjem ogledala na stran v bližini okna.

„Takoj se vrnem,“ reče.

Na poti, ko me gre pozdravit, nova spremljevalka opazi ogledalo in ga odkrije. „Kako lepo ogledalo," reče. „Še posebej okvir in les sta naravnost osupljiva." S prsti preleti po vgraviranih združenih rokah in reče: „Japonsko, kajne?"

„Ne vem, ampak v moji družini je že desetletja."

Spremljevalec postavi ogledalo tako, da je vidno v mojem perifernem pogledu. Del zrcala je obrnjen proti meni, del pa proti oknu.

Pogleda na njegovo hrbtno stran. „Nekaj takega sem že videl. Če ga boste kdaj želeli prodati, pokličite sem in vprašajte zame ali pustite sporočilo.

Ime mi je Daniel Chung." Poda mi svojo vizitko.

„Hvala," rečem, ko se Moni vrne v sobo.

„Je vse v redu?" vpraša, ko pogleda v ogledalo in vidi, da ga je oskrbnik božal.

„Da," odgovorim, "Daniel mi je rekel, da se mu je ogledalo zdelo japonsko. Rekel je, da je nekaj takega že videl. Oh, in zanimalo bi ga, če bi ga kupil. To je, če bi se želel kdaj ločiti od njega."

Moni zbledi.

Daniel mi preveri utrip. Potrdi, da je vse v redu, in vpraša, ali kaj potrebujem.

„Kakšen čuden človek," reče Moni.

Voda mi poči.

***

Stvari se zgodijo prehitro. Monitorji se razbesnijo. Začnejo se krči. Razširjena sem in pripravljena potiskati. Dojenčkov srčni utrip pada, prav tako njegov krvni tlak. Z vozičkom me odpeljejo v ordinacijo in me začnejo pripravljati na nujni carski rez. Tako zelo si želim, da bi bil Darryl z mano.

Vse je v rokah. Dajo mi drogo in gredo reševat mojega sina.

Ničesar ne vidim in ne čutim. Opazujem bolnišnično osebje, ki se premika. Poslušam naprave. Upam in molim, da bo z mojim sinom vse v redu.

Dvignejo ga, da ga lahko vidim.

Ne joka.

Je modre barve.

Kričim.

Nekdo mi v roko zabode iglo.

Zaspim, ker vem, da je moj sin mrtev.

***

Zbudim se in se spomnim.

„Bi ga radi držali?“ me vpraša medicinska sestra.

Prikimam.

Odide iz sobe.

Vstanem iz postelje.

Moj sin pride v stekleni vitrini, zavit v zeleno odejo. Na glavi ima enako pleteno kapo.

Poda mi ga v roke. Solze mi stečejo po licih, ko ga poljubim na hladno čelo in vidim, kako se v ogledalu zrcaliva čez sobo.

Odpravim se proti njemu.

Še vedno sem mama. V rokah držim svojega sina.

Poljubim vsako njegovo veko.

Zemlja pod mojimi nogami se začne tressti, saj sonce kriči svetlobo v sobo, v ogledalo in v mojega sina.

Njegove veke se odprejo. Vidi me. Pozna me.

Potem ga ni več.

Spotaknem se in v rokah držim lahkotnost ničesar.

V ogledalu Darryl drži najinega sina.

„Rad te imam,“ reče Darryl in ga poljubi na čelo.

„Tudi jaz te imam rad,“ rečem, ko najin sin začne jokati.

Ogledalo se začne vrteti najprej počasi, nato pa dobi zagon.

Udarja in drsi, vrti se, kot da bo odletelo.

Hipnotiziran ne morem odvrniti pogleda.

Darrylova roka seže iz ogledala in jaz jo primem.

In za vedno sva skupaj Darryl, najin otrok in jaz

SMRTNA ŽELJA

Težko je razmišljal o čem drugem.

Živel je v popolnem času. V času, ko je lahko na spletu našel karkoli.

Videoposnetke in fotografije. Vse, kar je želel vedeti o njem. Celo stvari, ki so ga strašljivo prestrašile! To je lahko počel v službi ali doma.

Vse, kar je moral storiti, je bilo, da je imel odprtih več zavihkov in je po potrebi preklapljal sem in tja. Kot da bi bil vohun, ki igra igro mačke in miši, za katero je vedel samo on.

Vsako budno uro - ali kolikor je le mogel - je preživel v raziskovanju. Urejal in preurejal je koščke sestavljanke. Priprava je bila ključna. Vse skupaj je zbiral, dokler ni bil pripravljen. Takrat bi bilo vse enostavno in z vsemi dejstvi na mizi bi izključil možnost neuspeha.

„Neuspeh ne pride v poštev,“ si je rekel in se spraševal, kdo je to rekel prvi. Radoveden je to poiskal na Googlu. Našel je knjigo

z istim imenom, ki je bila pripisana Geneu Kranzu, direktorju letenja v Nasinem centru za nadzor poletov.

Težava pri raziskovanju na internetu - raztresenost. Tako zlahka zaideš s poti. V temno luknjo. Če je ne bi opazoval, bi čas bežal in kmalu bi bil veliko prestar, da bi se s tem ukvarjal.

In potem so bile tu še prekinitve. Življenje je imelo svoje vdore, tako dobre kot slabe. Moral si se soočiti s tem - skozi življenje si lahko počel stvari, ki si jih ljubil, ali stvari, ki si jih sovražil, a v vsakem primeru ti je čas uhajal in ničesar nisi mogel storiti, da bi ga nadzoroval.

Vse, kar je bilo mogoče storiti, je bilo zapreti vrata, upati in si želeti, da bi svet izginil. Včasih to ni bil ravno dober občutek za ljudi v tvojem življenju, ki si jih imel rad, na primer za tvojo ženo. ali pa svojega psa.

Včasih se mu je zdelo, da bi moral padati, da bi ženi vse priznal. Da bi se ji vrgel k nogam. Toda potem je pomislil, kako bi se počutil, če njegova skrivnost ne bi bila samo njegova skrivnost. Kako bi moral odgovarjati na vprašanja in kako bi bile njegove odločitve odprte za razpravo. Vsak njegov košček bi bil raztrgan kot božični kreker.

Ne, se je odločil. Skrivnost je bila edini način. Poleg tega bi jo skrbelo. In morda bi v to vključila še druge ljudi, kot so njegovi starši, njeni starši ali njuni prijatelji. Potem bi bila mačka ven iz vreče.

Spraševal se je, od kod izvira ta fraza. Poiskal jo je in se nasmehnil razpravam na spletu, zlasti nemškim in nizozemskim primerjavam „prašiča v kozolcu“. Pomaknil se je navzdol in želel odkriti ime avtorja, vendar je obupal, ko mu je žena za hrbtom „he-hemed“. Preklopil je zaslon na nekaj nevtralnega.

„Še nekaj minut,“ je rekel.

Zaprla je vrata za seboj.

Vsakič, ko je potisnila glavo v vrata ... Tudi potem, ko je odšla ... Počutil se je, kot bi bil spet star sedem let in ujet z roko v kozarcu za piškote.

Prekleti katolicizem, je pomislil.

Za vse se je počutil krivega.

Ni bilo tako, da bi se onaniral ali kaj podobnega.

Delal je.

Večinoma je delal.

Res je, da ni bil plačan, vendar je bilo to še vedno delo. Imelo je svoj namen. Poiskal je besedo „delo“. Ena od definicij je bila „oblika mučenja“.

Zasmejal se je.

Poskušal se je osredotočiti, vendar se ni mogel, ker se je počutil tako prekleto krivega. Kot da bi ga žena nenehno preganjala. mu očitala - česar pa ni počela. Njegov um je kričal: „Ali nisem pomemben?“ Pokril si je ušesa in se zgrudil. Že ob misli, da ga je obsodila, da so se njene besede zarezale vanj kot maslo, se je ugriznil v palec ...

„Ali si grizete palec ob nas, gospod?“ je vprašal prazno sobo.

„Si kaj rekla?“ je skozi zaprta vrata vprašala njegova žena.

„Ne,“ je rekel. Nato je pod nosom rekel: „Ne grizem si palca na vas.“

To so bili edini verzi iz Shakespeara, ki se jih je spomnil. Podobno kot Shakespeare je bil tudi on kraljica drame.

Vrnil se je k delu in se zdaj počutil krivega, ker je lagal Jayne.

Saj ni gledal pornografije ali česa podobnega. Nekateri njegovi prijatelji so imeli svoje krive spletne užitke, vendar to ni bila njegova stvar. Ko so se hvalili s svojimi osvojitvami, je želel izginiti. Eden od njegovih poročenih prijateljev se je prijavil na več spletnih strani za zmenke. Pošiljala sta mu fotografije na telefone, pa jih sploh ni srečal v živo. In potem so bili tu še odvisniki od spletne pornografije. Govorili so o tem, celo hvalili so se s tem.

Zaradi tega se je počutil slabo. Sram ga je bilo, da je moški.

Po drugi strani pa so mnoge žene po branju seksi knjige, ki je bila na seznamu najbolje prodajanih, kupovale nabrane rožnate manšete. Tudi njegova žena jo je poskušala prebrati, a ker je bila učiteljica angleščine, se ni mogla prebiti skozi slabo pisavo. Prijateljice njegove žene so jo ves čas prepričevale, naj si jo raje prebere. Rekli so ji, naj ne upošteva sloga pisanja, vendar ji učiteljica v njej tega ni dovolila.

Spet je dovolil, da so se njegove misli oddaljile. Poiskal je naslov seksi knjige in na YouTubu odkril neprimerno lutko, ki je prebrala nekaj poglavij. Vtaknil si je slušalke in poslušal ter se kljub sebi smejal. Nekdo se je zelo potrudil, da jo je sestavil.

Toda to ni bilo nič drugega kot odvračanje pozornosti. Moral se je vrniti k svoji nalogi. Sovražil se je, ko se ni mogel osredotočiti, a ga je bilo kljub temu tako lahko odvrniti.

Tedaj je njegov pes Buddy lajal in pogledal je na uro. Buddy je bil zunaj že skoraj trideset minut.

Počutil se je krivega, zato je vstal in naredil nekaj korakov proti vratom, ne da bi zamenjal zaslon. Buddy je znova lajal in vrnil se je, da bi zaprl prenosni računalnik. Bolje, da je varen, kot da bi obžaloval, si je mislil, ko je zapustil sobo in se odpravil po hodniku.

„Premalo, prepozno," je Jayne v smehu rekla v njegovo smer, ko je Buddy prikorakal proti njemu.

„Oprostite," je rekel, "šele zdaj sem ga slišal."

„Brez skrbi," je rekla, "bila sem bližje." Nato se je vrnila k branju in ocenjevanju spisov svojih učencev.

Z Buddyjem sta se vrnila po hodniku v njegovo pisarno. „Žal mi je, Bud," je rekel, ko se je pes usedel na tla in mu začel lizati obraz. „Si me pogrešal, Buddy?" je večkrat vprašal, ko je Buddy lajal pritrdilno.

„Raje se bom vrnil k delu, Bud," je dejal resignirano.

Vrnil se je v svojo pisarno. Usedel se je, odločen, da se bo zdaj osredotočil.

Približal se je zaslonu in ves čas tehtal prednosti in slabosti. Ničesar si ni zapisoval ali beležil. Če bi to storil, bi jih lahko kdo našel in prebral. Potem bi moral vse razložiti, to pa ne bi bil pogovor, v katerem bi si želel sodelovati, ne zdaj ne kdaj koli prej.

„Želiš skodelico čaja?" Jayne je poklicala iz kuhinje.

„Ne, hvala," je rekel.

Moteče dejavnike in še več motečih dejavnikov. Pet preprostih besed, kot je „Želiš skodelico čaja", je lahko njegove možgane poslalo v spiralo. Začel je razmišljati o tem in onem in o tem, kako je vse povezano. Nato bi bil že majhen deček, ki bi se gugal na gugalnicah na dvorišču svojih staršev. Potem bi se videl, kako se guga na drevesu v parku. Bil bi preveč izčrpan, da bi lahko kaj raziskoval. Ne fizično, razumete, ampak psihično.

Vendar je bil danes predvsem njegov dan. Bila je nedelja in Jayne bo večino dneva preživela ob označevanju referatov, nato pa pripravljala večerjo. Seveda je pričakovala, da bo kdaj prišel iz svoje „votline". Tako je imenovala njegovo pisarno. Neposredna referenca na tisto knjigo, ki jo je videla v oddaji Oprah. Njegova žena mu je za darilo podarila en izvod v upanju, da ga bo spravila iz njegove moške votline. Priložnosti se ni mogel spomniti, a po tem, kar je poskušal prebrati, se mu je zdelo, da so to neumnosti.

Jayne je ponovno potrkala.

Imel je ravno dovolj časa, da je spet kliknil stran na spletno stran svojega podjetja, preden ga je objela okoli vratu in ga poljubila na vrh glave.

Nehote je skomignil z rameni. Skril je svoje delo in si predstavljal, da jo zanima vse, kar je imel na zaslonu.

Zanimalo jo je, saj je komentirala, da je Facebook odprt v drugem oknu. Počutil se je, kot da je takšen bedak, ki na nedeljsko popoldne zapravlja čas z ogledovanjem Facebooka. Ali drugače, počutil se je kot bedak, ker je Jayne mislila, da bi v nedeljo popoldne raje preživljal čas z ogledovanjem Facebooka - namesto da bi preživljal čas z njo. To nikakor ni bilo tako in želel je, da se o tem prepriča.

Hkrati pa je menil, da je morda vse, kar si je mislila, v tem trenutku nepomembno.

Nehote je preletel službeno elektronsko pošto in se pretvarjal, da je zelo zaposlen, ko se je pojavilo okno s posodobitvijo stanja. Hitro ga je zaprl in si želel, da bi Jayne odšla.

„Boš kmalu pripravljena na odhod, ljubi?" Jayne je vprašala.

„Seveda, daj mi pet minut," je rekel, in ko se je približala vratom, "ali morda deset?"

„Okej, deset, ampak danes se moraš res malo nadihati svežega zraka. Poleg tega bom pripravila Buddyjevo vodilo in lahko gre tudi on zraven."

„Dobra ideja," je rekel, saj je dobro vedel, da se Buddy bolj veseli izhoda kot on.

***

Dovolj je povedati, da njuno potovanje zunaj hiš ni trajalo dolgo. Vodil je v nakupovalno središče. Množica ljudi. Ljudje s plačami. Izguba časa. Hemoroidni H-ji naslednjega tedna. Nasmehnil se je, vendar ni čutil potrebe, da bi svojo šalo delil z Jayne.

Jayne se je ponudila, da bo vse pospravila, zato ji je to dovolil.

Želel in moral je vstopiti v svoj brlog in zapreti vrata. Ko se je znašel v notranjosti, se je naredil kot želva in si s srajco obdal glavo. Tako je sedel in iskal tolažbo in tišino, dokler se ni dovolj umiril, da je lahko spet začel raziskovati.

Ko se mu je glava spet dvignila, je slišal, kako Jayne pripravlja večerjo. Pri tem si je brundala ob radijski postaji s starimi skladbami. Predstavljal si je Jayne za štedilnikom, kjer je sedel Buddy in potrpežljivo čakal na okus ali dva.

To je bil Bud-meister za vas. Vedno je čakal, in ko je gledal s tistimi očmi, si mu moral nekaj vrniti. Tako zelo bo pogrešal tega psa.

Kot profesionalni pianist je nekajkrat počepnil z brki. Nato je s prsti potegnil po tipkovnici. Iskanje v Googlu. Kar se je pojavilo, je bilo popolnoma drugačno od vsega, kar je kdajkoli prej videl!

Bilo je na spletu. Bili so resnični videoposnetki ljudi, ki so to počeli. To so delali! Ob ogledu prvega se je počutil skoraj tako, kot da bi bil sam oseba v videoposnetku. Srce mu je razbijalo, prav tako tudi utrip. Ni mogel verjeti, da lahko samo ogled videoposnetka povzroči tak odziv.

Nekdo bi se moral zaradi tega pritožiti, je pomislil, potem pa še, da bi se moral pritožiti zaradi tega. Toda tega ni nameraval storiti. Ogledal si je še enega in še enega in še enega. Vsakič znova se mu je zdelo, da je sam oseba, ki ga zanima. Vsakič mu je srce skoraj skočilo iz prsi.

Izklopil je film. Bilo je preveč. Veliko, veliko preveč!

V glavi si je še naprej predvajal, kar je videl. Ni mogel ubežati. Bolj ko je razmišljal o tem, bolj ga je bilo strah. Bolj ko je bil prestrašen, bolj je upadal njegov pogum, dokler se ni začel spraševati, ali lahko to sploh stori.

Vse je bilo v očeh. V paničnih očeh žrtev!

Preučil je njihove obrazne izraze. Odločil se je, da so tako videti zato, ker za razliko od njega pred tem niso ničesar raziskovali.

Mislil je, da so se preprosto odločili in se odločili za to. Te zamisli ni mogel razumeti.

Bilo je preveč tvegano, kaj pa če bi si premislili?

Kaj če bi si on v zadnjem trenutku premislil?

Ni si želel, da bi se mu to zgodilo.

Vsekakor je bil drugačen od njih.

Morda je bil preveč previden.

Morda je bil preveč dolgočasen in dolgočasen, da bi lahko spremenil svoje življenje - da bi lahko prevzel nadzor nad svojim življenjem. Vse to zaradi dejstva, da je bil tako dolgo na milost in nemilost prepuščen korporacijskemu tekočemu traku. On in vsi drugi hrčki. Vključen in izključen, izključen in izključen, ne da bi imel kaj pokazati.

Sovražil je svoje življenje. Ja, ljubil je Jayne in Buddyja, a življenje je več kot le delo in postelja.

Da, ljubljenje je bilo lepo in ljubkovanje je bilo lepo. Prijatelji in družina ter vsa ta čustvena navlaka so bili lepi. Toda življenje je moralo ponuditi še več. Preprosto moralo! In preden bo prepozno, bo segel po tem prstanu in ga zagrabil.

Ker je vedel, da če ne bo kmalu naredil nekaj, da bi njegov obstoj na tem planetu nekaj pomenil, potem ga morda sploh ne bi bilo tukaj.

Zaprl je prenosni računalnik, položil glavo in zaspal.

***

V sanjah je bil brez nog. Bil je le glava in trup, sedel je za pisalno mizo in tipkal. Prav tako ni imel posebnega stola. V sanjah je sedel na istem stolu kot vedno, z valjčki na nogah. Ko je tipkal, se je zaradi vibracij prstov, ki so se premikali po tipkovnici, njegovo truplo premikalo in zibalo. Ker stol ni imel rok, se je trup nagibal v smeri roke, s katero je tipkal. Bilo je nenavadno, vendar se ni bal, da bi padel na bok. Počutil se je neustrašnega in nenavadno navdihnjenega.

Nato se je nekje v ozadju začela zelo glasno predvajati pesem. To je bil Mozart ali Beethoven ali kateri od klasičnih skladateljev. Nekaj v njegovi glavi ga je spodbudilo, da bi se dotaknil prstov na nogi - vendar ni imel prstov na nogi. Prebudil se je in zakričal.

Jayne in Buddy sta pritekla in odprla vrata. „Na licu imaš odtis jabolka," je rekla Jayne, ko je ugotovila, da je z njim vse v redu.

„Žal mi je," je rekel.

„Večerja je skoraj pripravljena," mu je sporočila.

„Okej," je rekel.

Hotela je zapreti vrata za seboj, vendar je rekel, da jih lahko pusti odprta. Na obrazu je imela vprašujoč izraz, vendar ni povedala ničesar več.

Ko se ji je pridružil v kuhinji, je šel v hladilnik po pivo. Večerjo sta pojedla v prijetnem, a ne pogovornem okolju. Imela sta se rada, vendar ljubezen včasih ni bila dovolj.

Ni bila dovolj, ko je Jayne izvedela, da ne more imeti družine, kakršno si je želela. Opravljala je test za testom in zdelo se je, da je vse v najlepšem redu. Potem pa so testirali njega in njuni upi in sanje so se sesuli. Ni imel dovolj zdravih plavalcev. Takrat je umrlo vsako upanje, da bi imela družino.

Sprva je bila glede tega milostna. Bilo je skoraj tako, kot da ji je odleglo, ker je bila težava njegova in ne njena, kar je bilo v redu - vendar se je zaradi tega nekako počutil manjvrednega. Nikoli se ni pogovarjal z njo o tem. Ali pa o kom drugem, če smo že pri tem.

Po začetnem šoku sta razmišljala o drugih možnostih, kot so posvojitve, IVF ali nadomestne matere. Nobena od teh možnosti mu ni bila všeč. V srcu je čutil, da si Jayne zasluži nekoga boljšega od njega. Nekoga, ki bi ji lahko dal vse, kar si je želela.

Ravno v tistem času sta se z Jayne od nekod vozila domov in opazila zavetišče za hišne ljubljenčke. Psi in mačke brez doma. Par še ni razmišljal o možnosti, da bi posvojil hišnega ljubljenčka.

„Lahko si ga ogledava,“ je predlagala Jayne.

„Mislim, da ne bi škodilo,“ se je strinjal.

Ko sta vstopila v zavetišče, ju je močno presenetilo lajanje in mijavkanje. V klepet sta se vključila dva kakaduja.

Počutil se je klavstrofobično in želel je ven.

Jayne se je začela pogovarjati z enim od kakadujev in zdelo se je, da jim je ton njenega glasu všeč. Pogledala ga je z upajočim izrazom.

„Ne strinjam se z zapiranjem ptic v kletke,“ je rekel.

„Hmmm,“ je rekla, ko se je premaknila proti mačkam. „Toliko jih je,“ je opazila Jayne. „Težko bi bilo izbrati.“

„Raje bi imel psa,“ je rekel.

„Hmmm,“ je ponovila.

Posledično ju je potepanje po zavetišču pripeljalo do Buddyja. Takrat mu ni bilo ime Buddy.

Osebje zavetišča ga je poimenovalo Buster, v zavetišču pa je bil nekaj več kot mesec dni. Bil je velika kepa krzna, z nogami, ki so bile prevelike za njegovo telo. Nerodno se je podil proti njim. Spotikal se je in se zaletaval. Medtem ko ga je sprehajalka neuspešno poskušala obvladati. Vendar je bilo videti, kot da bi bil Buster enosmerno usmerjen.

Potoval je naravnost proti njima. Svoje telo je razprl na tla pri njunih nogah. Pes mu je pogledal naravnost v oči in ni bilo dvoma, da bo Buster tisti dan posvojen.

„Ali mu lahko spremenim ime v Buddy?" je vprašal.

„Ne vem, poskusite," je predlagal sprehajalec psov.

„Pridi sem, Buddy," je rekel. „Pridi sem, fant."

Buddy je zastrigel z ušesi in mu skočil v naročje. Tistega dne so postali tričlanska družina in od tistega trenutka naprej se je njihovo življenje vrtelo okoli Buddyja.

Še vedno se mu ob spominu na ta trenutek orosijo oči. Pogrešal bo Buddyja in pogrešal bo Jayne, vendar bosta to prebolela. Sčasoma bosta šla naprej in bosta boljša.

Vsaj tako si je ponavljal.

Zvečer sta šla spat ob isti uri. Ona je brala knjigo, on pa je poskušal brati, a nič ni moglo zadržati njegove pozornosti. Zato je samo razmišljal in strmel in razmišljal in strmel. Ko mu je Jayne govorila o knjigi, ki jo je brala, je prikimaval, vendar ni zares poslušal. Ona tega od njega ni pričakovala. Buddy je bil na koncu postelje in je smrčal veliko prej kot oni.

Ko je zaspala, je vstal in se sprehajal. Buddyju ni dovolil, da bi hodil z njim, saj bi njegove tačke, ki so se podirale po hodniku, prebudile Jayne. V nekem trenutku ponoči se je odločil, da ravna nepremišljeno. Rekel si je, da mora preprosto preživeti še en teden v službi in potem se bo vse uredilo samo od sebe.

Zavedal se je, da je zavlačeval, vendar se ni nič spremenilo.

Bilo je neizogibno.

***

Vseeno je prišel ponedeljek zjutraj in budilka se je sprožila.

Šel je v Buddy in pojedel nekaj toastov z maslom. Spil je skodelico kave in poljubil Jayne v slovo, preden se je odpeljal v pisarno. Dvajset minut je sedel v prometni konici. Poslušal je novice in klepet, dokler ni začel hrepeneti po tišini. Globoko je vdihnil, ko so se avtomobili vsakih nekaj trenutkov pomikali naprej.

„Zakaj vsak dan čakam v prometu, da pridem v službo, ki jo sovražim?“ se je glasno vprašal.

„Zakaj sem tako siten?“ je odgovoril z drugim vprašanjem.

Ker moraš nekaj narediti, je rekel glas v njegovi glavi. Morate zagnati svoje srce. Postati moraš neustrašen. Moraš se posesati ali pa se spraviti iz lonca!

Lažje reči, kot storiti, je pomislil. Lažje reči, kot storiti.

V pisarni je pozdravil receptorko, ki je rekla, da šef čaka v pisarni.

„Ali imamo dogovorjen sestanek?“ je vprašal, medtem ko je na telefonu listal po urniku.

„Ne,“ je potrdila.

Ko je vstopil v pisarno, je na čelu začutil kapljico znoja. Njegov šef je vstal, izmenjala sta si pozdrave in si stisnila roke, kot da se vidita prvič.

Nenavadno, je pomislil, saj tu delam že sedem let.

„Sedi,“ je rekel šef. Zvenelo je kot neposreden ukaz, zato je sedel, čeprav je bil v svoji pisarni. Na svojem ozemlju.

„Kaj lahko storim za vas, gospod?“ je vprašal.

„Opozorili so me, da ste v zadnjem času kar nekaj časa - ne, moram biti z vami iskren - kar nekaj časa porabili za Google. Niste pripeljali nobene nove stranke. Odkrito povedano, kot podjetje smo zaskrbljeni, ker se ne držite svojega položaja. Ne opravljate svojega dela. "

Nekaj sekund je okleval. Usta se mu je odprlo, a jih je nato zaprl in ni rekel ničesar.

„Kaj lahko poveš zase?" je vprašal njegov šef. "Kakšno pojasnilo?"

„Ne," je zajecljal. „Jaz samo..."

„Povej, fant," je rekel šef. „Nekaj razlage mora biti!"

On je samo zmajal z glavo.

„Morda imaš družinske težave?"

„Ne."

„Alkohol? Droge? Smrt v družini? Razveza?"

Zavrtel je z glavo. Če bi bilo to res!

„Daj no, človek," je rekel njegov šef in bil vse bolj razdražljiv. „Daj mi nekaj, s čimer lahko delam. Karkoli!"

„Bil sem pod velikim stresom. Veliko pritiska."

„Ja, zdaj imaš, fant. Vem, da sem te presenetil z nepričakovanim prihodom v tvojo pisarno, ampak zdaj se že počutiš dobro, moj fant. Povej mi več. Kako ti lahko pomagamo? Mislim, jaz in partnerji."

„Res ne vem," je rekel. „Mislim, da bi bilo najbolje, če bi me odpustili."

„Kdo je rekel, da vas bom odpustil? Do te točke še nismo prišli. Za sabo imaš sedem - preštej jih - sedem dobrih let. No, bodimo realni - verjetno je bolj kot šest in pol, vendar ste dragocen član naše ekipe. Želimo vam pomagati, če nam dovolite. Kako ti lahko pomagamo, moj fant?"

„Če me ne želite odpustiti, ali bi razmislili o dopustu? Morda mesec dni dopusta? Brez plačila je v redu. Ne moti me. I-"

„Pravite, da brez plačila. Ni potrebe, da bi šli brez plačila. Danes bom pripravil vse potrebno. Poimenovali ga bomo Stresni dopust. En mesec je v celoti plačan. Vzemite svojo ženo in Buddyja ter pojdite nekam na lepe počitnice. Sprostite se." Vstal je, se naslonil čez mizo in si ponovno podala roko.

„Hvala, gospod," je rekel. „Hvala. Resnično."

„Heather vam bo dala papirje v podpis še pred koncem dneva. Danes delajte, dokončajte vse, kar lahko, nato pa preostalo prenesite na koga drugega. Pošiljal bom obvestilo za celotno podjetje, da imate mesec dni dopusta - seveda pa ne bomo povedali, zakaj." Dotaknil se je svojega nosu, kot da bi potrdil njuno skupno skrivnost. „To bo med nama."

Vstal je in pospremil svojega šefa do vrat. Šef ga je potrepljal po hrbtu.

„Poskrbite zase in ne skrbite za stvari tukaj. Mi bomo poskrbeli za vse, dokler se ne vrneš."

„Še enkrat hvala, gospod," je rekel in se za trenutek celo nasmehnil.

Nato se je usedel za računalnik in se ponovno vrnil k svojim raziskavam. Ob koncu dneva so se vsi zbrali okoli njega. Upal je, da mu niso kupili daril ali česa podobnega. Niso mu kupili.

To je bilo dobro slovo. Vse svoje osebne stvari je pospravil v torbo, in ko se je vrnil v avto, si je zelo oddahnil.

Kot običajno je domov prišel pred Jayne. Z Buddyjem se je na hitro sprehodil okoli bloka, nato pa se je vrnil k računalniku. Pregledal je svojo oporoko in razmišljal o nekaj spremembah.

Jayne je bila še vedno edini dobrotnik. Odločil se je, da bo nekaj zapustil zavetišču za hišne ljubljenčke, kjer so našli Buddyja. To je bila dobra vsota - z denarjem bi lahko pomagali številnim potepuškim hišnim ljubljenčkom, s tem pa bi njegovo življenje nekaj pomenilo.

„Pojdi sem, Bud," je rekel. „Zdaj moraš poskrbeti za Jayne, dobro? Računam nate."

Buddy je skočil in mu položil tačke na ramena. Objela sta se. Obrisal si je solzo z oči.

Skupaj sta odšla v kuhinjo. Napolnil je Buddyjevo skledo za hrano, nato pa iz pipe natočil hladno vodo in mu napolnil skledo za vodo.

Buddy je šel naravnost k hrani, vendar ga je ujel in še enkrat objel. Ko je šel v spalnico in začel pakirati torbo za prenočevanje, se je boril z jokom. Vanj je vrgel le najnujnejše, potni list je pustil na vrhu mize, nato pa se je usedel, da bi Jayne napisal sporočilo.

Pisalo je:

Najdražja Jayne, ljubim te bolj kot karkoli drugega, vendar mislim, da bi ti bilo bolje brez mene. Prosim, poskrbi zame za Buddyja. Žal mi je, da mora biti tako, vendar sem se zaobljubil, da te bom osrečil, in to je edini način.

XOXO infinity.

Tvoj ljubeči mož.

Ko se je vozil po princesini avtocesti, je razmišljal o stvareh, ki jih je najbolj obžaloval. Ni sledil svojim sanjam. Jayne ni pustil, da bi sledila svojim. Na začetku sta bila sila, s katero je bilo treba računati. Zdaj pa so bile stvari drugačne. Želela je potovati, leteti, vzleteti in skupaj doživljati pustolovščine, a on je vedno odklanjal.

Obžaloval je ta strah. Sovražil se je zaradi strahu.

Zaradi njega se je počutil kot manjvreden moški. In potem, ko ni imel dovolj plavalcev - no, to je bila slama, ki je prelomila kamelji hrbet.

Takrat je začel dvomiti o vsem. Zakaj je bil postavljen na zemljo? Kakšen je bil njegov namen?

Kako bi lahko stvari spremenil?

Spomnil se je na današnje jutro, ko je Jayne še zadnjič poljubil. Ona tega seveda ni vedela, on pa je vedel. Tudi če mu ne bi dali meseca dopusta, se jutri ni nameraval vrniti za nič na svetu. Ne, imel je druge načrte. Druge kraje, kjer bi moral biti. Druge stvari za početi.

Enkrat po zelo dolgem času je imel namen.

Takrat je moral ustaviti avto in se ustaviti. Komaj mu je uspelo pravočasno izstopiti iz vozila. Med bruhanjem so se mu tresle roke. Nervoza. Strah. Jeza. Ponižanje. Vse to se je pretakalo po njegovem telesu in ga vznemirjalo.

Ko se je vrnil v Lexus, je začel zvoniti njegov telefon. Bila je Jayne. Kliknil je na gumb, da je prenehal zvoniti, in klic poslal naravnost v glasovno pošto. Opazoval je, kako se je telefon čez nekaj trenutkov prižgal s sporočilom. Pritisnil je na gumb, da bi prisluhnil.

„Pravkar sem prišla domov in našla tvoje sporočilo - ne razumem. Buddy in jaz ne razumemo." Buddy je na znak zaštekal. „Pridi domov, dobro? Pridi domov in se bova o tem pogovorila. Pogovorimo se o tem." Zavzdihnila je. „Si tam? Ali me poslušaš? Poslušaj!" Jaynin glas je za nekaj sekund utihnil. Sporočilo se je izteklo. Ponovno je poklicala nazaj. „Vem, da dobro poslušaš, ti, ti, jaz te ljubim. Odgovori mi!"

Položil je slušalko, izklopil telefon in ga pospravil v predalček za rokavice. Tam ga bodo našli - potem.

Ko se je odpeljal od robnika, so kolesa njegovega avtomobila zaškripala. Zažgal je motor, pritisnil nogo na tla in odpeljal.

Večino noči je vozil. Počutil se je malce paranoično, da bi Jayne lahko vpletla policijo, vendar se ni zgodilo nič. Upal je, da ne bo preveč jezna nanj.

Ni bilo poti nazaj.

Poleg tega si tega ni želel.

Navsezadnje je dosegel vse, kar si je želel - vse, kar je lahko.

***

Ko je stal na vrhu gore, so se mu nenadzorovano tresla kolena. Z roba je odrinil nekaj kamnov in opazoval, kako so padali na poti proti dnu. Poslušal je, kako se spuščajo navzdol, klikanje in trkanje ob kamen. Nazadnje je zaslišal le najšibkejši pljusk, potem pa je končno zavladala tišina.

To je bil čudovit razgled - Modre gore - in zdaj je bilo vse, kar je prebral o njih, popolnoma smiselno. Ko si stal vse do sem, si se počutil majhnega in postavnega, vendar del nečesa večjega od sebe. Počutil si se kot eno z vesoljem in nekako te ni bilo strah.

Ravno takrat mu je skupina glasnih kakadujev dala vedeti o svoji prisotnosti. Njihovo glasno, visoko piskanje ga je prisililo, da si je zatisnil ušesa.

Tega ti ni treba storiti, si je rekel. Nikomur ni treba ničesar dokazovati. Lahko bi se obrnil in se vrnil domov k Jayne in Buddyju, pa nihče ne bi bil modrejši. Jayne bi razumela, če bi ji preprosto razložil, kaj se je zgodilo v pisarni. Popolnoma bi te razumela in te podprla.

O tem je razmišljal še trenutek, ko je opazoval oblake, ki so se prebijali po nebu.

Resnica je bila, da ni mogel živeti sam s seboj. Z nenehnim strahom. Bilo je preveč, da bi ga lahko odložil in se vrnil domov ter se pretvarjal, da se to ni nikoli zgodilo. Če bi zdaj obupal in se vrnil k življenju, kakršno je bilo, se ne bi mogel pogledati v ogledalo. Ne bi bil več moški, ne zares. Bil bi nič. Njegovo življenje ne bi pomenilo ničesar.

„Zdaj ali nikoli,“ je rekel.

In ko je prišel trenutek, o tem ni več razmišljal.

Prvič v življenju je bil popolnoma predan.

Približal se je robu in preprosto pustil, da je njegovo telo padlo naprej, začenši z glavo. Zaradi strmega padca je bilo to enostavno. Kmalu so njegova ramena, trup in noge v popolni sinhronizaciji jadrali navzdol.

Zakričal je. Ni si mogel pomagati. Stisnil je oči in se osredotočil, medtem ko ga je veter premetaval in stresal kot lutko.

Prisilil se je, da je odprl oči, in zdelo se mu je, da leti.

Zdelo se mu je, da je v breztežnosti, in zdelo se je, da mu je bilo namenjeno prav to - da se dvigne. Smejal se je, ko se je kot kamen potopil proti dnu.

V nekaj minutah je bilo vsega konec.

„Popolnoma bitchin'!" je vzkliknil, ko je visel z glavo navzdol na koncu bungee vrvi.

„Spet! Še enkrat!" je zavpil, ko so ga vlekli nazaj.

ZBOGOM

Povej mi zgodbo o tem, kako si prvič spoznala očeta,“ je
prosila moja sedemletna hčerka, čeprav je isto zgodbo slišala
že velikokrat.

„Si prepričana, draga?“ Vprašala sem, ker sem dobro vedela, kaj
bo odgovorila.

„Prosim!“ je rekla in me pogledala z velikimi modrimi očmi, ki
jih je podedovala po očetu.

„Dolga ali skrajšana različica?“ Vprašal sem jo, ko sem ji z oči
odrinil pramen las.

„Dolga!“ je rekla in zaploskala, kot da ne bo nikoli zaspala.

„Pššš,“ sem rekel. „Hmm, kje se je vse skupaj začelo?“

„Zbogom,„ je rekel očka,“ je hčerka prikimala.

„Tako je, draga,“ sem odgovoril in izpustil del o tem, kako me je
njen očka potisnil ob vrata avtomobila.

Zgrabila sem torbico, potegnila roko skozi trak in z vso težo, kot
bi bila linebacker, potisnila vrata na prosto. Ko sem najprej odpela

desni čevelj z visoko peto, nisem potrebovala veliko časa, da sem ugotovila, da smo se ustavili ob luži, globoki do gležnjev. Še preden so moji možgani to zabeležili in se izognili temu, da bi v njo stopila leva noga, so to že storili. Vseeno sem se iz nje izmuznila, pobegnila, ne glede na to, kakšno škodo je to povzročilo mojim najljubšim čevljem.

„Oh,“ sem rekla, ko sem bila že povsem zunaj vozila, s hrbtom obrnjenim proti vozniku.

„Potem si stopila v lužo!“ je zapiskala moja hči.

„Ja, in tvoj oče je siknil, ko se je odpeljal z zavojem zadnjega kolesa, zaradi česar je vsebina lužice pljusknila na preostanek mene. Odrinila sem umazano hladno smrdljivo vodo in jo odrinila, preden se je usedla na mojo obleko. Z drugo roko sem dvignila sredinec v smeri zapuščenega vozila,“

Ustavila sem se, ker sem pozabila urediti ta del.

„Zakaj si to storila?“ je začela moja hči.

„Ni pomembno,“ sem nadaljevala, “ravno pravi čas sem zagledala svojo torbico, ki je poskakovala ob vozilu. Ack! Ta črna torbica mi je omogočila deset let sreče, saj se je podala k vsemu in v vsaki situaciji. Bila je dvonamenska, saj sem jo lahko nosila bodisi čez ramo bodisi čez ramo in čez prsi. V njej so bili predali za vse, vključno z mojim telefonom.“

„O ne, tvoj telefon!“ je vzkliknila.

„Ja,“ sem rekel z nasmehom. „Kako naj bi se sploh izvlekel iz te zagate? Še pomembneje je, da se sprašuješ, kako sem sploh prišel do te točke. In tega se bom lotil čez trenutek, vendar moram najprej oceniti svoj položaj. Prevzeti stanje in prevzeti nadzor. Najprej sem odcedil vodo iz čevljev, ko sem stopil s ceste, skozi rosno travo in na pločnik. Obul sem si čevlje, ki so bili mokri, in raje izbral mokroto kot morebitne strašljive nočne pajke, ki bi lahko prežali tam okoli, ter se odpravil do najbližje ulične svetilke.

„Zdaj sem si položila roke na boke v drži Čudežne ženske in se lotila izdelave načrta, kako se izvleči iz zagate, v katero sem se zapletla.“

„Bila je lepa soseska,“ je rekla.

„Z urejenimi zelenicami, kjer ni bilo videti niti plevela niti vozila - vsi so bili varno spravljeni v svojih dvojnih ali trojnih garažah. Lepe hiše, v katerih so bili prijazni ljudje. Ali je tako? Zato sem se nemudoma odločil, da izberem hišo, potrkam na vhodna vrata in prosim za pomoč. Izbral sem hišo s srečno številko sedem in se ji približal. Na poti sem se ustavil,“

„Žal ti je bilo sebe, mami.“

„Zagotovo mi je bilo žal. Nisem si zaslužila, da sem obtičala sredi neznanega ozemlja, pozno ponoči, vsa mokra, smrdeča in brez denarja. Ko sem se približala izbranemu kraju, številki sedem, je zrak napolnilo šumenje, ki mu je sledil šum samodejnega škropilnika, ki si je utiral pot. Sprva nisem tekel, saj sem bil že moker, ko pa se je vodni curek obrnil proti meni, sem kričeč pobegnil. Zdaj je bil moj obraz moker od solz, ki jih nisem potočila, ko sem prečkala travnik hiše, za katero sem upala, da me bo rešila. Številka sedem.“

„Nikoli se ne smeš pogovarjati z neznanci, mami,“ je rekla moja hči.

„Prav je tako, draga, ampak bila sem v težavah, mokra in brez telefona. Vedno imaš svoj telefon in v njem so številke očeta, babice in tete Lil.“

„Jaz pa poznam tvojo, očetovo in babičino številko v glavi.“

„Tako je, otročiček. Torej, vrnimo se k zgodbi. Ali nisi še niti malo utrujen?“

„Ne, še vedno čakam na najboljši del!“

Nadaljevala sem: „Zdaj, ko sem tu, sem se spraševala, koliko je ura. In spraševala sem se, ali je kdo doma. In spraševala sem se, če so doma, ali mi bodo pomagali. Bila sem mokra, umazana in brez osebnih dokumentov. Moja samozavest je iz trenutka v trenutek upadala, ko sem se obrnil in se naslonil na vratni zvonec, ki je odmeval od vrha do tal hiše, saj so se luči prižigale in ugašale. In stekel sem. Nazaj proti mestu, kjer so me odložili. Na znanem ozemlju, kot se je zdelo. Šel bi do trgovine na vogalu, kjer bi imeli telefon, ki bi mi ga dovolili uporabiti, in bi lahko poklical na pomoč ter jim poslal denar za klic. Da, to sem nameraval storiti, dokler se mi ni zraven pripeljal avto in sem v njem prepoznal prijazen obraz. Resnično in zares sem bil rešen!“

„To je bila teta Lil!“ je hčerka zavpila in seveda je imela prav.

***

„Ko sem se z Lil vozila v avtomobilu, sem se spomnila na svojo neuslišano ljubezen do Jasperja Wintersa. Od daleč sem ga opazovala, njegove svetle valovite lase, modre oči, nos s pegami, posejanimi po njem. Bil je tako sladek, tako pozoren. Vedno je imel eno ali drugo dekle in prijatelji so mi rekli, da se moja obsedenost z njim približuje fazi zalezovanja. Zato sem se strinjala, da grem proti tistemu, česar vedno nisem hotela storiti - na zmenek na slepo s popolnim neznancem. Da, z istim fantom, ki je zdaj držal mojo torbico kot talca. Ime mu je bilo Adam Trent.“

„Moj očka!“ je zavpila. „To je najboljši del.“

Nasmehnila sem se.

„To je bilo najino prvo srečanje, ki je bilo danes prej v trgovini s hrano. Dogovorili smo se za kraj srečanja, ki je bil na javnem mestu. Nekje, kjer sva se lahko pogovarjala in kjer je bilo okoli naju veliko gibanja. Takšno okolje bi odpravilo pritisk. Vmesni časi, ko nobeden od naju ni imel ničesar za videti, bi bili manj tesnobni. Je to sploh še beseda? Ne vem, a bistvo razumete. Preko skupnega prijatelja sva se dogovorila, da je to priložnost, da se spoznamo iz oči v oči. Če bi se navezali, bi se vnaprej dogovorili za naslednje srečanje, ki bi vključevalo film ali večerjo. Naslednji korak le, če bi oba začutila povezavo. V nasprotnem primeru sva se oba strinjala, da je to hasta la vista baby! Adijo in dober konec! Ko bi le vedel, kaj vem zdaj! Potem ne bi bil v tem položaju. A kot pravi pregovor, pogled nazaj je 20/20. Ko sem ga prvič zagledala nasproti gostinskega lokala, ni bil tip človeka, ki bi izstopal v množici. To mi je bilo na njem takoj všeč, da se je zlil z okolico kot jaz, in ko sem ob izgovarjanju njegovega imena Adam Trent na jeziku povaljal njegovo ime, mi je ustrezalo in takoj sem se sprostil.“

„Ljubezen na prvi pogled,“ je vzkliknila moja hči.

„Tako je bilo,“ sem rekla. „Ko sva se predstavila, se dotaknila s komolci, saj sva oba nosila obvezne maske, me je vprašal, kaj želim piti, in odšel po kavo. Pravilno je naročil, smetano in en sladkor, kar mi je pokazalo, da je dober poslušalec, kar mi je dalo upanje. Ko sva sedela in srkala kavo, sva se pogovarjala z občutkom domačnosti, kot da sva več kot znanca, bližje prijatelja. Smejal se je, a ne preglasno. Sovražil sem ljudi, ki so se smejali zelo glasno in s tem opozarjali nase. Adam ni bil tak. Bil je obziren, prijazen, razumevajoč in pogovor z njim se mi je zdel normalen. Ali bolje rečeno, kot nova normalnost, saj sva se prosto pogovarjala, medtem ko sva nosila zaščitne maske. Vseeno pa mislim, da se ne bi zmotila, če bi nas kdo opazoval, bi mu bilo jasno, da se v družbi drug drugega dobro počutimo. V pogovoru sva zlahka napredovala od ene stvari k drugi in kmalu mi je povedal, da bo jeseni obiskoval univerzo. Precej nerodno sem ga obvestil, da si bom vzel leto dni premora. Nisem mu povedal podrobnosti, da moram zaslužiti denar, preden se bom lahko vrnil. To je bila prevelika informacija in ni bilo treba, da bi jo vedel o meni. Prav tako mu nisem povedala, da sem dobila štipendijo za študij klasične angleške književnosti.“

„Upam, da bom študiral književnost dvajsetega stoletja,“ je razkril.

„Vau!“ „Želim si študirati klasično angleško književnost!“ sem vzkliknil.

„S to veliko skupno ljubeznijo do literature bi zlahka vzpostavila povezavo, kajne? Imela bi most iz ene dežele literature v drugo. On bi odkril moje najljubše avtorje, jaz pa njegove in živela bi srečno do konca svojih dni. Del mene je tako razmišljal. Z drugim delom pa sem poslušala, kako poje hvalospeve svojemu najljubšemu avtorju na svetu - Kurtu Vonnegutu, ki mu je kot bogu podoben. Še naprej je hvalil in poveličeval vse, kar je bilo povezano z njegovim izbranim največjim romanom vseh časov - Klavnico pet.“

„Dokler ni šel predaleč," mi je odvrnila hčerka.

„Da, predaleč. Pravzaprav tako daleč, da mi ni preostalo drugega, kot da branim prave mojstre, kot so Shakespeare, Dickens in Twain, katerih dela so prestala preizkus časa. Ko je njegov obraz spet dobil normalno barvo, je v pogovor vpletel nekaj Vonnegutovih besed, kot na primer: „Samo v knjigah izvemo, kaj se v resnici dogaja."

„To je bila bitka knjig!" je rekla moja hči.

„Ja, in najin prvi prepir. Rekel sem: „Govorimo o navajanju očitnega!", nato pa sem se odzval z besedami Marka Twaina: „Bolje je imeti zaprta usta in pustiti, da te imajo ljudje za norca, kot pa jih odpreti in odpraviti vse dvome." Nekje sem prebral, da je bil Twain eden od Vonnegutovih najljubših avtorjev. To je bila vseeno ena od dobrih lastnosti pri njem.

„Vstal je, segel čez mizo in me dolgo in močno poljubil od maske do maske. Prav tam, sredi jedilnice. To je bil odgovor na to, da sem ga zgrabil za roko, ko je rekel, da je Vonnegut Shakespeare našega časa. To je rekel s takšnim prepričanjem, iz srca in duše, da sem skoraj verjela, da je to res."

„Tiste, ki si jih poljubil! Fuj!" je rekla in si zakrila obraz.

„Poljub, čeprav nenaden in nepričakovan, je bil vroč, čeprav sva imela med seboj maske. Nisva opazila, da so drugi v lokalu s hrano strmeli v naju - predolgo sva pustila, da je trajalo. Ko sva se razšla, sva se spet usedla in izbruhnila v smeh. Takoj sva se odločila, da si v nakupovalnem središču ogledava film. Na poti v kino je ta povezava popustila. Če bi nama bili všeč isti filmi, bi jo lahko ponovno obudila? Potem ne bi bilo vse izgubljeno? Pogovarjala sva se o filmih, ki so mu bili všeč, in strinjala sva se, da bi nama obema ustrezal najnovejši film Toma Cruisa - vendar se je že začel, zato ni šlo. O nobenem drugem filmu se nisva mogla dogovoriti.

„Pojdimo raje kaj pojesti,“ je predlagal.

„Takrat je bilo že skoraj deset in tudi jaz sem bil lačen. Jedla sva samo kavo, ki je bila že pred leti, in že nekaj časa sva čutila vonj po popcornu.“

„V redu,“ sem rekla.

„V trgovskem centru ali zunaj?“ je vprašal.

„Rekel sem, da bi se morala nadihati svežega zraka, zato sva iz nakupovalnega središča odšla v večnadstropno garažo. Več kot trideset minut sva se sprehajala, preden mi je rekel, da se ne more spomniti, kje je parkiral.

„Potem si si sezul čevlje.“

„Vonnegut je rekel: 'Smo to, kar se pretvarjamo, da smo, zato moramo paziti, kaj se pretvarjamo, da smo.'“ Ustavil se je. „Uh, niste preveč damski, kajne?“

„Ali ste moški?“ Vprašala sem in citirala lady Macbeth. Takoj sem se počutila slabo zaradi tega posebnega citata in nemudoma spremenila temo: „Kaj pa kartica? Saj veste, s katero se plačuje? Ali ni na njej napisano, v katerem nadstropju ste parkirali?“

„Vem, da sem parkiral na TEM nivoju,“ je rekel in nadaljeval s pritiskanjem na gumb na obesku za ključe ter poslušal odziv kot ptica, ki kliče svojega partnerja. Ko sta se avto in obesek za ključe končno našla, je bilo že blizu 23. ure.

„Zdaj sem v vozilu, z lestvi, ki so mi segale po obeh nogah in črnih dnu stopal, globoko vdihnil in se skušal sprostiti. Hrana bi zagotovo pomagala pri mojem razpoloženju in upam, da tudi pri njegovem. Še ni bilo prepozno, da bi lahko začela znova. Do literarnega spopada sva se tako dobro razumela. Pripel sem se z varnostnim pasom, on je potisnil nogo na tla in odpeljala sva se, okoli parkirišča in na ulico. Kar nekaj časa sva se vozila naokoli in poslušala country glasbo. On je pel skupaj z mano, jaz pa sem se borila z željo, da bi rekla: „Yippie ki-yay!"

„Kakšno hrano imaš rad?" „je vprašal, potem ko sva na radiu poslušala najnovejšo ponudbo za taco lokale."

„Nisem več lačen," sem odgovoril in pomislil, da me je glede na pravočasnost predloga želel peljati v taco joint. Sovražila sem tacose. Kako bi lahko uživanje taca, v katerem meso in stvari padajo vsepovsod, sploh ustrezalo njegovim ženskim merilom? Nisem hotela vedeti. Predvsem iz jeze sem rekel: „Shakespeare je kralj literature, Vonnegut pa je v primerjavi z njim navaden šaljivec."

„Potem je oče pritisnil na zavoro."

„Bila sva edino vozilo v predmestju - sredi ničesar in to je zgodba o tem, kako sva se s tvojim očetom prvič srečala," sem rekla, vstala in pospravila hčerko. Raztegnila se je, zijala in čez nekaj trenutkov že trdno spala. Na poti ven sem zaprla vrata in odšla v najino sobo.

SAMO DVAJSET

Ko je umrla teta Gin, je bilo na pogreb povabljenih le dvajset gostov, ki niso bili člani naše družine. To število je bilo omejeno zaradi pandemije. Družabna distanca in maske so bile obvezne ves dan. To je vključevalo mašo v pogrebnem zavodu, pokop in pogrebno slovesnost.

Ker je teta Gin vedela, da se bliža konec njenega življenja, je osebno izbrala dvajset gostov, preden je zapustila ta nori svet.

Po družinski tradiciji je še vedno želela odprto krsto. Vendar z novo zahtevo. Želela je imeti tudi masko. Teta Gin je imela vedno nenavaden smisel za humor.

„Kako naj, za vraga, spregovorim primeren pogrebni govor? Takšno, ki si jo moja sestra zasluži..., če nosim eno od teh neumnih mask!" je vprašal Ginin mlajši brat Marvin.

Nasproti Marvina je sedel njegov drugi bratranec Frank. Preden je odgovoril, je globoko razmišljal in kadil cigareto.

„Imeli bodo mikrofon in to bo dovolj.“

Najljubša nečakinja tete Gin Mary, ki je v kuhinji pripravljala čaj, je zakričala.

„Mikrofon bo nastavljiv, mislim na tvojo višino. Tako boš lahko poskrbela, da bodo tvoja usta,“ si je obrisala roke v predpasnik in utrujena od kričanja vstopila v dnevno sobo. Ustavila se je sredi stavka, zdaj se je zavedala, da je pozabila prinesti čaj, in se hitro umaknila. Vrnila se je s prenatrpanim pladnjem, ki je z vsakim korakom zadrhtel.

Frank in Marvin sta še vedno z odprtimi usti strmela v njeno smer in čakala, da dokonča stavek.

„Postavljena je tik pred njo,“ je rekla, kot da med njenim prvim in zadnjim stavkom ni minilo veliko časa. Zdaj, ko je to izrekla, se je zavedla, da se ji zaradi teže pladnja tresejo roke. Nagnila se je in ga previdno spustila na stekleno mizo. „Hvala za, hm, pomoč,“ je dodala s tonom, v katerem je bilo čutiti oster sarkazem, ko je pritekla, da bi se pripravila na nalivanje.

Marvin in Frank nista dvignila niti prsta. Kar je bilo za njiju normalno. Ženska je počela ženske stvari, moški pa moške.

Napolnila je lonec in odprla nov paket čokoladnih piškotov, ki jih je hranila za družbo. S teto Gin sta imeli v omari vedno škatlo svojih najljubših piškotov - vendar se jih nista nikoli dotaknili. Obe sta vedeli, da bi jih ob odprtju porabili vse, zato sta jih vzeli ven le, ko je prišla družba.

Mlada ženska in teta Gin sta bili vedno nagajivi in sta se dogovarjali. Ker se je spomnila, da je bila teta stroga pri predstavitvi, je piškote razporedila po krožniku. Spraševala se je, ali jo teta Gin opazuje od zgoraj. Zavzdihnila je in še zdaj se ji je zdelo, da ji manjka del nje.

Marvin ni bil popolnoma zavzet. Namesto tega je strmel skozi okno in razmišljal o tem, da bi moral nositi masko. Frank je puhal novo cigareto, ki jo je prižgal takoj po tem, ko je druga zgorela.

Marvin, ki je končno opazil mojstrovino svoje nečakinje, je vprašal: „Kaj za vraga počneš tam spodaj?"

„Pripravljam čaj in piškote," je dejala Mary, premešala lonec, nato pa zaprla pokrov in z njim pomahala, da bi ga pospešila.

„Potem vzemi stol ali kaj drugega. Ne čepi tam kot..."

„Kvadrat," je rekel Frank in se nasmejal svoji šali, saj se nihče drug ni smejal.

„Ni važno, zdaj je pripravljeno," je rekla Mary. Napolnila je prazne skodelice z zlato parno tekočino. Nato je dodala pršilo mleka in običajno zahtevane količine sladkorja. Sama ni jemala sladkorja. „Želite čokoladni piškotek? Teta Gin jih je imela najraje."

„Prekleto škoda bi bilo, če bi ti pokvaril tvoj vrtinčast dizajn," je rekel Marvin, segel po njem in naredil točno to.

„Ne zame," je rekel Frank. „Piškoti in cigarete ne gredo skupaj."

Mary je Marvinu najprej postregla s skodelico čaja, saj je bil najstarejši. Nato je Frankovo skodelico postavila na podstavek ob njegovem stolu, saj je bil sicer zaseden. To pomeni, da si je prižgala še eno cigareto. Zjokala se je, ko je ogorek starega odvrgel na krožnik iz finega porcelana tete Gin.

„Hvala," sta se glasno zahvalila.

Mary je ponovno pritrdila obliko piškotov in pogledala navzgor. Nato je nežno odstranila po enega z vsakega konca in prečkala sobo, pri čemer se je trudila, da ne bi polila prepolne skodelice, ko je hodila proti dvosedežnemu kavču. Zdaj, ko teta Gin ni sedela poleg nje, se je izogibala sedenju na njem. Del nje se je počutil, kot da je ravnovesje vesolja brez Gin porušeno.

Preden so bili dnevi tete Gin šteti, sta z Mary večino večerov večerjali na pladnjih pred televizorjem, sedeč na dvosedu, in gledali Coronation Street. Mary je od takrat program snemala in čakala, da Ginin duh prispe tja, kamor je odhajal, da bi lahko program gledali skupaj, kot sta to počeli vedno.

To je bilo, preden sta se v hišo vselila stric Marvin in bratranec Frank. Preden je pandemija povzročila, da so sorodniki na daljavo potrebovali še kakšno drugo stanovanje. Zdaj so si ustvarili svoj socialni mehurček, tj. v bližini drug drugega jim ni bilo treba nositi mask. Toda čez nekaj ur si bodo morali za pogrebno slovesnost nadeti strašne maske - nihče ni želel biti kužen ali okužen.

„Zanima me, zakaj bo Gin nosil masko. To je prvo,“ je dejal Marvin. „Drugič, zakaj je povabila sorodnike, ki jih je povabila. Zakaj nekateri od njih z njo ali z nami niso bili v stiku že več kot dvajset let. Bog ve, da se je Gin trudila obdržati družino skupaj v časih, ko bi morala biti povezanost samoumevna.“

„Maske so obvezne za vse in Gin je želela biti vključujoča. In ja, teta Gin je bila vedno tista, ki je o vseh mislila najboljše,“ je dejala Mary.

„Tudi takrat, ko to ni bilo upravičeno,“ je dejal Frank, prižgal še eno cigareto in dodal: "Ta krožnik postaja precej poln.“

Mary je postavila skodelico čaja na mizo, pograbila krožnik in ga odvrgla v koš v kuhinji. Na zadnji strani omare je našla odlomljen krožnik - teta Gin ni dovolila kajenja v hiši, zato ni imela pepelnikov - in ga postavila na mizo poleg Frankove skodelice in krožnika. Prikimal je.

„Bi kdo od vaju rad dolil, ker sem že vstala?“ je vprašala.

Marvin je tudi on dvignil prazno skodelico. „In še eden od teh piškotov bi mi prav prišel.“

Mary je pograbila dva piškota, po enega z vsakega konca oblikovanja, in ju s čajno žličko položila na krožnik, preden je nalila čaj, sladkor in mleko. „Hvala,“ je rekel Marvin in pihnil na čaj, preden je naredil požirek.

Frank je z zamahom roke zavrnil še en čaj. „Nihče od nas ni stopil v stik s tistimi mrtvaki, ker jih ne bi mogel prenašati. Tudi Gin jih ni mogel - vsaj tako sem mislil.“

Marvin je v čaj pomočil piškotek, ki se je zdrobil in razlomil. S čajno žličko ga je pobral in sesal razmočen piškot, preden se je raztopil v nič.

„Ti piškoti niso priporočljivi za namakanje,“ je rekla Mary in se nasmehnila.

„Zdaj mi je rekla,“ je rekel Marvin.

„Želiš, da ti prinesem še eno skodelico in krožnik?“

„Ne, ostanite, kjer ste. Tekal si naokoli in se nam posvečal, kot da si naš najeti uslužbenec. Jaz se bom zadovoljil, ampak hvala, da ste me vprašali.“

Mary se je nasmehnila in ugriznila v svoj piškot. Ko se ji je čokolada topila na jeziku, ga je uživala.

Trojica je sedela tiho, se igrala s skodelicami, piškoti in cigaretami, dokler Mary ni prekinila tišine.

„Teta Gin se je kesala, da je izgubila stike z ljudmi. Težko ji je bilo pri srcu, in čeprav dvajset gostov - tudi ko je stopila v stik z njimi - ni vračalo njenih klicev ali pisem, jih ni nikoli odpisala. Pravzaprav je vsak večer, preden je zaspala, molila zanje.“

Njen brat je bil očaran in zmeden. „Gin, molila je za velikega strica Dava, ki jo je praktično ubil, ko je kot otrok med poletnimi počitnicami bivala pri njih? To je za njo zelo veliko, da je odpustila. Verjetno je na stara leta postala mehka.“

Mary je stala z rokami na bokih: „Teta Gin je bila marsikaj, a ena stvar ni bila mehka. Če bi se pred njeno boleznijo nenapovedano pojavili na vratih, bi jim nakopala zadnjico - veš, da je sovražila, če so se ljudje pojavili brez povabila -, vendar je hotela popraviti krivico, odpustiti in pozabiti.“ Besede so se ji zataknile v grlu, prav tako zadnji piškotek, ki ga je pravkar pojedla.

Frank je vstal, prečkal sobo in jo močno udaril po hrbtu. Delno pojeden piškotek je poletel čez sobo in s pljuskom pristal v Marvinovi skodelici čaja.

„Ali ne veš, da moraš žvečiti, preden pogoltneš?“ Marvin je rekel in z gnusom vrnil čaj na pladenj.

„Zelo mi je žal,“ je rekla Mary, pobrala vse in odnesla v kuhinjo.

***

Mary je splaknila skodelice in dala vse v pomivalni stroj, nato pa odšla v nadstropje, da bi uporabila toaletne prostore in si uredila obraz. Jokala je in ni želela, da bi kdo vedel. Na poti po stopnicah je zaslišala povišane glasove. Hitro se je spustila navzdol.

„Svojo sestro sem ljubila bolj kot kogarkoli na svetu!“ Marvin je rekel. „Toda ne vem, zakaj bi morala biti njena prošnja, da me prosim za pogrebni govor, zate težava!“

„Zdaj, zdaj,“ je rekla Mary.

„Jaz bi bil pač boljši pri tem,“ je rekel Frank. „Že prej so me prosili in bi bil manj čustven, manj obsojanja vreden.“

„Zakaj ti!“ Marvin je dvignil stisnjene pesti v zrak in z njimi mahal, kot da bi upodobil boksarja iz preteklih dni.

Frank je prečkal sobo, prav tako z dvignjenimi pestmi. Bilo je kot geriatrična kavkaška različica tekme Ali proti Foremanu.

Stala sta z nogo na nogo, iz oči v oči, dokler Mary ni začela napevati najljubše melodije tete Gin: „Hush little baby, don't say a world, papa's going to buy you a mockingbird.“

Marvinove oči so se napolnile s solzami, spustil je pesti in se spustil na stol.

Frank je stal kot zamrznjen in izgovarjal besede za preostanek pesmi, medtem ko jih je Mary krohotala. Ko je končala s petjem, je šel čez sobo, kjer se mu je nasmihala fotografija tete Gin v okvirju. Tudi on je planil v jok.

„Tako, tako,“ je rekla Mary. „Skoraj je že čas za odhod, mi pa se prepiramo.“

„Ima prav,“ je rekel Frank. „Poleg tega bomo potrebovali enotno fronto, ko se bodo pojavili ti ničvredni kovači.“

„Če nas ne bodo okužili - smo sredi pandemije, ne vedo?“

„Gostinci bodo to upoštevali. Medtem ko bomo v pogrebnem zavodu in na pokopališču, bodo tukaj vse pripravili tako, da bo v skladu s smernicami za socialno distanciranje, da bodo vsi varni.“

„Toda ti nevedneži bodo še vedno morali sneti svoje maske, da bodo lahko pojedli hrano in popili pijačo - in slednje bomo potrebovali veliko.“

„Sramota,“ je odgovorila Mary. „Vse to je vodila in plačala teta Gin.“ Z gnusom in ker jih je imela dovolj, se je umaknila v svojo sobo in se oblekla v črno obleko, ki si jo je izbrala. Moški so bili že oblečeni v črne obleke in pripravljeni na odhod.

„Pričakujem, da bodo uporabljali plastične nože, vilice in papirnate krožnike,“ je dejal Frank. „Po vsej hiši in vrtu bosta imela stekleničke z razkužilom za roke. Naši sorodniki bodo morali priti v notranjost, da bodo lahko uporabljali prostore, vendar bo večina postopkov potekala zunaj na vrtu.“

„Škoda, da se je Gin znebil zunanjih prostorov,“ je dejal Marvin.

Mary je poklicala z vrha: „Pozabila sem povedati, da bodo na travo narisali oznake in/ali postavili oznake, kje naj ljudje stojijo. Kar se tiče prostorov, smo najeli eno od tistih prenosnih stranišč. Ker jih je samo dvajset in mi trije, bi moralo biti dovolj prostora za vse in vrste ne bi smele biti tako dolge.“

„To ste res dobro premislili!“ Marvin je zakričal. „Mi trije se lahko prikrademo nazaj in uporabimo notranje sanitarije na q.t.“

Mary se je pojavila na vrhu stopnic, pripravljena na odhod. „Hvala. Imela sem veliko časa za razmišljanje in želela sem, da bi bilo za teto Gin vse točno tako, kot je treba. Z njo sva se pogovarjali o vsem, do zadnje podrobnosti. Želela mi je odvzeti breme, da bi vse to poskušala opraviti sama, medtem ko sem žalovala za njeno izgubo.“

Marvin si je pogladil dlake na bradi. „Če ne bi bilo te preklete pandemije, bi si želela več. Prosila bi za redni sežig v hlevu - ali budnico -, da bi proslavili njeno življenje. To si zasluži!“

Frank je rekel: „To bo dobila - in mi ji bomo pripravili najboljšo zabavo doslej -, ko bo konec te pandemije. Povabili bomo druge sorodnike - tiste, ki jih imamo radi - in morda celo nekaj lokalnih zvezdnikov. Vsi so imeli radi Gin. Poslali jo bomo na način, ki si ga zasluži! Za zdaj pa moramo izkoristiti situacijo na najboljši možni način.“

Mary se je sprehodila po sobi, razmišljala je, da bi sedla - vendar bi se ji obleka zmečkala, zato se je vrnila v kuhinjo, da bi zložila papirnate prtičke. Ponudila se je, da jih bo pred prihodom gostincev naredila čim več, saj je vedela, da bo potrebovala nekaj, kar jo bo zaposlilo. Pomislila je na vse, kar je teta Gin zahtevala, da se zgodi na ta dan. Želela je, da bi ji Marvin nazdravil, potem ko bi vsi pojedli nekaj hrane. Napisala je celo, katere jedi želi, da se postrežejo, in izbrala gostinca, ki jih bo pripravil. Da, teta Gin je mislila na vse. Dvignjeni glasovi v dnevni sobi so jo pritegnili nazaj tja.

„Gin je rekla, da bom dobil levji delež posla, zato me je določila za izvršitelja oporoke,“ je dejal Marvin.

„Rekla je, da lahko obdržim hišo,“ je rekla Mary. „To je tudi moj dom - s teto Gin sem tu preživela večino svojega življenja.“

„Tega dejstva nihče ne izpodbija,“ je rekel Frank. „Odpovedala si se vsemu, da bi bila tukaj in pomagala Gin, ko nihče drug ni mogel. Zakaj, lahko bi se poročil, imel nekaj otrok ... a si izbral družino pred seboj. To je najmanj, kar je lahko storila, da ti je prepustila hišo.“

Marvin je prikimal. Za enkrat sta se o nečem strinjala.

„Gin sem rekel, da od nje ničesar ne želim ali potrebujem,“ je rekel Frank.

„Upajmo, da te je potem ignorirala,“ je v smehu dejal Marvin in videl, da sta končno dobro razpoložena,

Mary se je vrnila v kuhinjo, da bi končala z zlaganjem, preden bodo morali oditi v pogrebni zavod.

Čeprav so bili prtički iz papirja, so bili nežni in mehki. Nebo modro z rožnato črto v levem kotu je izbrala tudi teta Gin. Ko je Mary nadaljevala z zlaganjem, je to postalo samodejno, tako da je gledala na vrt in pustila prstom, da opravijo delo.

Njene oči so se pomikale proti novo posajenim cvetlicam pod velikanskim hrastom. Dihavica in vrtnice so se že zaključevale, vendar so bile njihove barve še vedno živahne in so se premikale kot stari prijatelji, ki so plesali, ko je zapihal veter.

Ko je zložila zadnji prtiček, se je z desno roko dotaknila trebuha. To je počela občasno, čeprav že leta ni bila noseča. Hrepenenje ni nikoli izginilo. Teta Gin tega ni nikoli povedala nikomur. Tudi Mary tega ni povedala - niti očetu.

In tam, pokopana pod temi cvetlicami, v senci mogočnega hrasta, je bilo večno počivališče njenega otroka. Njena deklica na tem svetu ni preživela več kot nekaj minut.

Kmalu bodo prišli sorodniki in vsi se bodo zbrali v hiši, ki je bila zdaj njena - in proslavili tetino življenje.

Potem si bo Mary tako kot drugi nadela masko in se izolirala prav na to mesto pod drevesom, kjer se ne bo nikoli počutila osamljeno. Na mestu, kjer je vedela, da ji bo teta Gin stala ob strani in v rokah držala Maryjino deklico.

Trojica, teta Gin, Mary in dojenček, bi bili neme priče, medtem ko bi se preostali člani družine med seboj raztrgali.

PANDEMIC BOY

Glej, spet prihaja - to je Pandemic Boy,“ je zakričal visok in
vitek desetletni svetlolas deček.

Njegov prijatelj ni bil tako visok, niti razposajen niti svetlolas - bil
je rdečelasec, ki se je smejal, preden je dodal svoja dva centa. „Kje je
tvoja pelerina, fant? Ali ne veš, da imajo VSI superjunaki pelerine?“

Fant, ki so ga poimenovali Pandemic Boy, je bil mlajši od drugih
dveh, vendar je bil za svojo masko neustrašen.

„Ne Spiderman,“ je odgovoril z nasmeškom.

Čeprav je bil mlajši in manjši po velikosti in postavi, ne v
centimetrih, ampak v stopalih, je z rokami na bokih - bolj podoben
Supermanu - vprašal: „In kje so VAŠE maske?“

To ni bilo prvo soočenje tako imenovanega Pandemičnega dečka
v času pandemije. V preteklosti je za prevzem nadzora nad situacijo
uporabil Supermanov položaj s prekrižanimi rokami. Zdelo se je,
da dobro deluje tako pri otrocih kot pri odraslih. Pomagalo mu je
tudi to, da je imel na svoji strani zakon.

„Nisva zasledovalca," je rekel svetlolasec, si z levo roko zaščitil oči pred soncem, nato pa se obrnil proti otroku, tako da sta s prijateljem zdaj stala iz oči v oči. „Snemimo mu masko!" je izustil.

Rdečelasi deček je o tem razmislil in potisnil prst svojega športnega copata v tla, misleč, da sta že zdaj v številčni prednosti dva proti enemu nad Pandemičnim dečkom. Poleg tega je bil majhen otrok - čeprav je imel velika usta in je nekako zahteval, da se mu to zgodi. Vendar ni bil nasilnež in ni hotel biti nasilnež. Osredotočil se je, naredil krog v zemlji pred sabo, nato pa počepnil po žepu kavbojk. „Moj je tukaj."

„Dokaži," je zahteval Pandemic Boy.

Svetlolasec je pogledal čez ramo na manjšega fanta in se hitro obrnil. S stisnjenimi pestmi se je približal mlajšemu dečku. S prstom se je dotaknil obraza zamaskiranega fanta in rekel: „Kdo si misliš, da si?" Vsaka beseda je upravičila svoj dotik po maskirani bradi pandemičnega dečka, mlajši fant pa je moral zaradi razlike v višini in masi trdno stopiti na svoje mesto.

Rdečelasi deček je rekel: „Nadel si bom masko."

Tako imenovani Pandemični deček ni spregovoril, temveč je prikimal v znak strinjanja, medtem ko mu je njegov prijatelj, svetlolasi deček, pogledal čez ramo in ga zlobno pogledal.

Vsi trije so vztrajali pri svojem.

***

Nekajkrat se čas ustavi. Kot da bi vse ptice pozabile leteti in vse ure pozabile tiktakati. Ta dan ni bil eden od teh dni in z napredovanjem časa je vse več otrok prišlo od koderkoli, da bi videli, kaj se dogaja. Zbrali so se okoli, se pogovarjali, šepetali in poskušali sestaviti, kaj se je moralo zgoditi, da so trije dečki tako dolgo stali na mestu.

„Gledal sem skozi okno svoje spalnice,“ je povedal eden od fantov, “in videl, kako je malemu zamaskiranemu fantu grozil svetlolas fant, ki je bil veliko višji in starejši. Potem sem videl, da sta dva, in moral sem priti ven, še posebej, ko se je veliki fant premaknil in malega pobrcal po prsih,“ je dejal in se dotaknil svoje maske, kot bi se odrasli dotaknili brade.

„Stekla sem tja,“ je dejala majhna deklica, “in videla vse skupaj. Deček z masko je zahteval, da se približata ta dva večja, starejša dečka. Presenečena sem, da ga nista pretepla.“ Nato je nagovorila tako imenovanega pandemičnega dečka: „Hej, fant, zakaj ne bi tekel, dokler lahko? Preden te ta dva starejša fanta pretepeta?“

Trojica v središču množice je ostala nepremična kot kipi. Poslušala sta komentarje drugih otrok, ki so se oblikovali v množico, oni pa ne. Na tej stopnji nihče ni vedel zagotovo.

Čas je tekel naprej in otroci z maskami so se postavili na stran tako imenovanega Pandemičnega dečka, otroci, ki niso imeli mask, pa na stran drugih dveh. Množica otrok se je premaknila, razdelila na dva dela, tako da sta nastali dve različni strani. Vsi so bili pripravljeni ukrepati - to je, če in ko bo prišlo do spopada.

Ure so minevale, nihče pa se ni premaknil. Tudi ko so matere in očetje začeli klicati svoje otroke domov k večerji. Niti ko so starši, stari starši in sorojenci začeli klicati otroke v posteljo. Tudi ko so sonce zamenjali luna in zvezde.

***

Končno je Pandemični deček rekel: „Zdaj grem domov." Večjemu svetlolasemu dečku, tistemu, ki mu je bil še vedno v obraz, pa je rekel: „Ko se naslednjič vidimo, poskrbi, da boš prinesel masko, dobro? To je pandemija in…"

„Okej, okej," je rekel večji fant in se umaknil. „In ko te naslednjič vidim, poskrbi, da boš nosil ogrinjalo." Nasmehnil se je.

„Kakšno barvo imaš najraje?" je z nasmehom vprašal mlajši fant.

Njegov prijatelj, rdečelasi deček, ki je zdaj nosil masko, je dejal: „Odvisno od tega, ali si ljubitelj Batmana, Robina ali Supermana. Jaz? Jaz bi nosil črno."

„Enako," je rekel mlajši fant.

Vsi so odšli domov.

OBISKOVALCI

Počakajte trenutek, " je rekla, preden je odprla vhodna vrata.

"   Notri je bila že skoraj trideset dni - v karanteni. Že samo to, da je stopila ven, je bilo tvegano, čeprav je bila v karanteni le zato, da bi zaščitila tiste, ki jih je imela rada - in druge, ki jih sploh ni poznala. Prilagodila si je masko, globoko vdihnila in odprla vrata.

Tam jo je čakal pozdravni odbor in počutila se je podobno, kot se je morala počutiti kraljica Elizabeta, ko je stopila na balkon Buckinghamske palače. Čeprav njen majhen, a udoben dom z dvema spalnicama ni imel blišča in glamurja palače. Za sekundo ali dve je pomislila, da bi jim kraljevo pomahala, a si je na koncu premislila, ko so ji začeli ploskati.

V zadregi, čeprav ji je večino obraza prekrivala maska, je pogledala navzgor, kjer je bilo sonce visoko na nebu, in začutila toploto njegovih žarkov. Dobro se je počutila, ko je dihala nov, svež zrak - čeprav ji je maska preprečevala, da bi globoko vdihnila.

V mislih je začela igrati pesem Johna Denverja. Brezskrbno si je brundala.

Aplavz se je končal, ne da bi se tega zavedala, in stala je kot prašič v krču, medtem ko so vsi čakali, da bo kaj rekla ali naredila. Veliko solznih oči, ki so jo opazovale prek svojih mask. Niti dve maski si nista bili enaki. Pregledala je goste in se osredotočila na oči, katerih lastniki so se ji zdeli prepoznavni. V mislih se je igrala igro Kdo je kdo pod katero masko.

O eni osebi v množici zaradi njene velikosti in postave ni bilo dvoma, kdo je. To je bila njena vnukinja Emily. Zelene oči, enake njenim, so izstopale, ko so jo gledale čez vijolično masko. Emilyjina najljubša barva se je pogosto spreminjala, vendar je z veseljem ugotovila, da se v zadnjih tridesetih dneh ni spremenila. Je pa zrasla v višino. Emily je pomahala z roko in rekla: „Pozdravljena, stara mama.“

„Pozdravljena, moja draga Emily,“ je rekla ženska in se z ustnicami nasmehnila pod masko, z očmi pa nad njo.

Ženska se je obotavljala, nato pa se je sprehodila po občinstvu od leve proti desni in prikimavala, ko je vsakemu od njih priznavala.

Prvi je bil Brandon. Bil je velik ljubitelj hokeja in na njegovi maski je bil javorjev list iz Toronta. „Naprej Maple Leaf's!“ je rekel. Dvignila mu je palec navzgor. Vsaj nekdo je še vedno upal, da bodo spet osvojili Stanleyjev pokal.

Poleg Brandona je bila mama njegove žene Emily. Na njeni maski je bilo napisano I heart Jamie Oliver. Ob tem se je nasmehnila in se spraševala, ali ji bo njeno zanimanje za Oliverja morda pomagalo, da bo nekoč pripravila spodoben rostbif. Ujela se je v tej suhoparni misli in se osramočena premaknila naprej.

Naslednji je bil gospod Bob Moody. Bil je sosed, nergavi stari prdec, za katerega ni imela pojma, zakaj je čutil potrebo, da se mu pridruži v maski gradbenega delavca. Pomahal ji je z domačnostjo, ki se ji je zdela nenavadna, vendar mu je v vljudnost pomahala nazaj.

Nudilo jo je ugotavljanje, kdo je kdo, zato je ostale ljudi opazovala v megli, ko je čakala, da nekdo nekaj stori ali da ji sporoči, kaj od nje pričakuje. Ali naj ima govor? Ne, to bi bilo neumno. Karantena je trajala le trideset dni. Ni jih mogla objeti. Ali se jim približati bolj, kot se jim je že približala.

Imela je strašen občutek, da nekdo želi, da bi imela govor, in spraševala se je, kako naj bi ga imela, da bi jo slišali in razumeli skozi debelo bombažno masko. Potem je pomislila na politike na televiziji, na primer na predsednika vlade. Ko je moral govoriti, je vedno snel masko, povedal svoje in si jo nato spet nadel. Če je bilo to dovolj dobro za predsednika vlade, je bilo dovolj dobro tudi zanjo. Izvlekla je desno uho iz zanke, nato pa prešla na drugo stran.

Gostje so zavzdihnili in se odmaknili. Vsi razen njene vnukinje.

„Babica te ima rada,“ je rekla ženska in pihnila poljubček v smeri male Emily.

„Tudi jaz te imam rada,“ je odgovorila Emily, ko sta se starša, ki sta bila zdaj ob njej, premaknila nazaj.

Zadovoljna, da je začutila sonce, da je bila zunaj, da je videla tiste, ki jih je imela rada, in da je govorila z malo Emily, se je priklonila, se umaknila in za seboj zaprla vrata.

Telefon je takoj začel zvoniti in zvoniti. Ni ga dvignila.

HIŠA

Soba je bila gola, razen praznih vgrajenih knjižnih polic, ki so obkrožale kamin.

Prazne knjižne police so me vedno navdajale z melanholijo. Kot da je prejšnji lastnik vse svoje prijatelje in spomine odnesel s seboj, a je pozabil na strukture, ki so jih hranile in razstavljale, ko so bili v hiši. Ko sem iz kakršnegakoli razloga zapustila hišo, sem vedno pustila eno od svojih knjig (kupila sem dve najljubši knjigi), zato sem upala, da bo novi lastnik, ne glede na to, kdo je bil, v njej užival tako kot jaz. Zame je bilo to, kot da bi jim predstavil novega prijatelja. Če se zdim preveč sentimentalna, me to ne moti, ker je to o meni vedno govoril moj dragi mož.

Ko sem prečkala sobo in si popravljala masko, sem opazila nekaj, kar je bilo pribito ob steno, tanko kot vafelj. To je bila majhna preproga.

„Kaj je to za vraga?“ Vprašala sem se. Čeprav je bila odrgnjena in majhna, bi se bolje znašla pred kaminom. Vsaj tam bi imela ta bedna stvar namen. To pogosto počnem, ko neživim predmetom pripisujem čustva. V literarnem svetu se temu reče personifikacija. To sredstvo uporabljam tako pogosto, da ga moj mož imenuje Maggie-fication.

Avgust je ime mojega moža. In da, rojen je bil v mesecu avgustu, v znamenju Leva, jaz pa sem kozorog.

Ko je prišel poleg mene, sem se zdrznila. Vedno sem čutila mraz.

Govoril je skozi svojo masko in rekel: „Uf, tukaj je vroče, ljubezen. Zakaj se treseš?" Odpel si je debelo volneno jopico, darilo najinega sina Andrewa, in jo slekel. Položil mi jo je na ramena in se premaknil čez sobo.

Stisnila sem se vanj in mu sledila z besedami: „Hvala," ko sem mu sledila.

Agentka, ki je bila stara družinska prijateljica, je nosila masko, ki je odražala nepremičninsko podjetje, za katero je delala. V drugi sobi se je slišno premikala po hiši, medtem ko sva si jo sama ogledovala.

Kmalu zatem je vstopila v sobo iz vrat, ki so bila najbližje predmetu, ki sem ga opazil na tleh. Srečala sva se pred njim, kot da je preslišala moje vprašanje.

Judy Marsh, tako se že več kot petindvajset let imenuje naša agentka, se je zdela v zadregi, kar ji je bilo zelo nepodobno. Njej in vsem drugim nepremičninskim agentom na svetu.

„Ali ni kamin čudovit!" je vzkliknila.

S telesom sem se obrnila proti toplini, medtem ko se je August, ki mi je pogosto očital, da med drugim preberem preveč romanov

Agathe Christie, zdaj pa se je dolgočasil in želel nadaljevati, približal vratom.

Judy je rekla: „Slišala sem vprašanje, ki ste ga postavili pred nekaj trenutki. Popolno razkritje," se je dotaknila nosu. „Ta hiša ima nekaj zgodovine."

Avgust se nam je zdaj z zanimanjem pridružil.

„Kakšno zgodovino?" Vprašal sem.

Judy je nadaljevala: „Nima smisla pripovedovati zgodb, če vam tu ni všeč. V tem primeru se lahko preselimo k naslednji hiši. Nekaj jih imam že pripravljenih. Kako je s to hišo?"

Avgust je rekel: „Nismo si še ogledali celotnega kraja, prezgodaj je, da bi o tem govorili, in..."

Zaključil sem njegov stavek, kot to običajno počnejo ljudje, ki so že dolgo poročeni: „In od tebe je neprijazno, da naju pustiš, da se zaljubiva v kraj - ne rečem, da je tako v tem primeru - in potem spustiš bum."

„Resnično," je dodal Avgust.

„Izlijte!" Zahteval sem, ko me je Avgust prijel za roko.

„Pojdimo v kuhinjo," je rekla Judy. „Prižgala bom čajnik in nam skuhala skodelico čaja. V omari sem za takšno priložnost pripravila nekaj stvari, kot so čaj Earl Grey in piškoti. Potem se bo vse razkrilo."

August je slišal, da sta na voljo skodelica čaja in piškoti, in sledil Judy v kuhinjo, jaz pa sem, kot se reče, šel zadaj. Hodila sva po hodniku, ki je imel visoke strope, vendar je bil precej mračen, saj ni imel strešnega okna - če bi kupila to stanovanje, bi strešno okno naredilo ta hodnik bolj domač.

„Strešno okno bi bilo izboljšava," je predlagal August, ko sta z Judy vstopila v sosednjo sobo skozi par nihajnih vrat, kot bi jih pričakovali v starem vesternu Marlona Branda. „Ta bodo morala iti stran," je rekel August, ko so se vrata odvrtela in ga udarila v zadnjo plat, še preden sem lahko prišel in jih ustavil. Stal je z rokami na bokih, z odprtimi usti in brez besed.

Ko sem se prebil v sobo, sem videl, zakaj je bil Avgust brez besed, saj, o, moj, kakšen spektakularen razgled! Kuhinja in jedilnica sta bili sosednji, v ogromnem odprtem pravokotnem prostoru s steklenimi okni in vrati, ki so se raztezala od enega do drugega konca in gledala na enega najbolj veličastnih vrtov, kar sem jih kdaj videl. Tako zelo sem si želela, da bi bila pomlad, da bi bilo vse v polnem razcvetu, a tudi jesen je bila tu čudovita, saj so se drevesa odela v jesenske barve.

„Dash bi to oboževal," je rekel August. Dash je bil najin jazbečarček.

„Zagotovo bi," sem rekla, medtem ko se je Judy, ki je zdaj stala za nama, igrala mamo in nalivala vročo vodo v čajnik.

Niti August niti jaz nisva mogla odvrniti pogleda od čudovite narave, ki je čakala le nekaj korakov stran. „Lahko odprem vrata?" Vprašala sem.

Judy je prikimala in August je opravil to nalogo. Zvoki od zunaj so se takoj kot glasba prelili v kuhinjo. Pojavljale so se cikade, modre soje, vrabci, kardinali, drevesna krastača ... bilo je blaženo glasbeno - dokler ni nekaj trenutkov pozneje zagnala sosedova kosilnica.

„Čaj je pripravljen," je poklicala Judy.

„Pravi čas,“ je rekel August, zaprl drsna vrata in zaklenil ključavnico. „Pozdravljena teme, moja stara prijateljica,“ je zagodrnjal Avgust. To je bila ena od njegovih najljubših melodij - klasika iz repertoarja Simona in Garfunkla.

„Tu ni tema,“ sem rekel, medtem ko je Judy natočila in postregla čaj. Iskreno povedano, nisem bil ljubitelj elegantnih čajev, kot je Earl Grey. Dajte mi skodelico Typhoo vsak dan. Dodala sem dve polni čajni žlički sladkorja - dvakrat več, kot je običajno pri dobrem starem Typhooju, in August je storil enako. Medtem ko sva srkala in zavrnila Judyjino izbiro piškotov - medenjak -, sva čakala, da nama začne pripovedovati zgodbo, na katero je namigovala.

***

„Najprej,“ je začela Judy, “v tej hiši ni nihče živel že desetletja.“

„Desetletja,“ sem ponovila. “Kako je to mogoče?“

August je izpraznil ostanke svojega čaja. Judy je takoj naredila predlog, da mu napolni skodelico, čemur se je grobo izognil tako, da je z roko segel po vrhu skodelice.

Judy se je nasmehnila. „Mislim, da vsi ne uživajo v mojem najljubšem napitku.“ Napolnila je svojo skodelico in nadaljevala. „Ta kraj je bil v preteklih letih naprodaj. Najeli smo strokovnjake za postavitev iz vse države v upanju, da bo njihov prispevek pripomogel k prodaji. Do zdaj se ni obneslo.“

„To nima smisla,“ je rekel August. „Zagotovo bi bilo manj odmevno, če bi bilo stanovanje opremljeno.“ Dvignil je prazno skodelico in zavzdihnil.

„Bi raje steklenico vode?" Judy je vprašala in ne da bi čakala na odgovor, je odšla do hladilnika, izvlekla tri steklenice in jih postavila pred naju. Imela sem občutek, da bo to dolga zgodba.

Istočasno nama je v ušesa udaril nenavaden zvok, ki je prihajal z vrta. Avgust je odrinil stol in preletel vrt, ki je bil zaradi zahajajočega sonca zdaj le delno osvetljen. „Ali kaj vidiš?" Vprašala sem ga.

Avgust je imel orlovski vid, čeprav je bil starejši od mene. „Šššš," je rekel. Čakala sva in pozorno poslušala, vendar se zvok ni več slišal. Avgust se je vrnil na svoj sedež in se vanj usedel s skomiganjem z rameni.

Judy je rekla: „Najbolje bo, če svoje pripombe in vprašanja do konca zadržite zase. Želim končati prej, hočem reči, čim prej."

Avgust je rekel: „Stari smo in vsako minuto postajamo starejši. Gotovo bomo pozabili na vsa vprašanja, ki bi jih lahko imeli, če bo ta zgodba, ki jo vrtiš, trajala dlje."

Poklepal sem ga po roki. „Če imaš kakšna vprašanja, jih vpiši v telefon." Že kar nekaj časa sem ga poskušal prepričati, da bi v svojem telefonu uporabljal funkcijo za zapiske. Tudi sam sem jo uporabljal za številne stvari, vključno s seznamom živil. Predlagal sem mu, naj jo uporabi v isti namen. Še vedno je prišel domov brez tistega, kar smo potrebovali, in se spet vrnil - tokrat s papirjem v roki.

„Maggie," je rekel, "veš, da ne maram biti odvisen od tehnologije."

„Biti odvisen od dreves," se je pridružila Judy, "tudi ne obeta nič dobrega za prihodnost."

„Baterija na kosu papirja se ne umiri!" je vzkliknil.

„Pisalu pa zmanjka črnila," sem se nasmehnila, ga ponovno potrepljala po roki in mu podala pisalo in papir - oboje sem za take priložnosti vedno imela v torbici.

***

„Začela bom na začetku," je rekla Judy.

August je pod mizo premetaval noge in lahko sem videla, da postaja vse bolj nestrpen in da si misli: „Spravi se k stvari, ženska!", saj sem to mislila tudi jaz.

Končno je Judy prešla k bistvu. „Ko je bila ta lokacija prvič naseljena, so tu umrli trije ljudje."

Čakala je, da se odzovemo, vendar se nobeden od nas ni odzval. Že sva dojela, da se je zgodilo nekaj strašnega - in sklepala, da je to moralo vključevati smrti, umore in/ali kaos. Celo moje artritične kosti so čutile, da se je tu zgodilo nekaj strašnega. Objokoval sem se z rokami in se spet počutil hladno. Enako je storil August, vendar mu je bilo topleje kot meni, saj si je pred tem vzel nazaj svojo kartico.

„Prvotno je bila tu v 18. stoletju zgrajena cerkev. Ko so jo porušili in so umrli trije ljudje - ostale so le knjižne police in kamin -, so se vse religije zaobljubile, da tukaj nikoli več ne bodo obnovile božje hiše. Tako so bile zgrajene hišice, domovi, veličastna hiša, bungalovi in nazadnje zasnova dvonadstropnega kalifornijskega deljenega bungalova, v katerem zdaj stojimo, da bi ustrezali potrebam in zahtevam lastnikov v dodeljenem času, v katerem so živeli. In tako so številni farani, obiskovalci cerkve in družine iz tega kraja naredili svoj bogoslužni prostor in/ali dom.

Začnimo od prvotne cerkve. ^{Sredi} 18. stoletja se je na tem mestu začela skupnost, ena prvih ustanovljenih v Ontariu, potem ko so številni priseljenci izbrali ta kraj za naselitev in gradnjo svoje nove prihodnosti.

Dva taka človeka sta bila lady in lord Charleston, ki sta hitro postala voditelja skupnosti in sta ponudila sredstva za gradnjo prve cerkve, ne da bi si s tem zagotovila kakršno koli priznanje, razen majhne knjižnice v župnišču, v kateri je skupnost lahko brala in si izposojala knjige o temah, povezanih z vero. Da bi jim bilo med študijem ali branjem udobno, naj bi na sredini dveh takšnih knjižnih polic postavili kamin.

Zaradi pomembnosti zahteve je bilo opravljenih veliko raziskav o tem, kateri les bi bil sčasoma najbolj trpežen. Neki priseljenec iz Italije je zelo pohvalil sredozemsko cipreso in dejal, da je bil priča oltarju v rimski cerkvi iz tega lesa, ki je preživel požar, ki je uničil preostalo stavbo. Odločili so se, da bodo poslali nekaj dreves, ki bi jih lahko vzgojili lokalno, in naročili, da se z ladjo v Kanado dostavi zadostna zaloga. Čez čas je isti človek govoril o nadnaravnih močeh, ki jih je imelo to drevo iz njegove stare domovine. Zaradi njegove močne arome so družine na pokopališčih po vsej državi posadile drevesa v bližini svojih ljubljenih oseb, da bi odvrnile demone in zagotovile, da bodo duše ljubljenih oseb prešle na drugo stran."

Nekaj drugih župljanov ni bilo zadovoljnih s tem bogokletjem in so predlagali, da bi za ta podvig uporabili samo kanadska drevesa. Lord in lady Charleston sta predlog zavrnila in skupnost je čakala na dobavo lesa za župnišče ter medtem zgradila cerkev in nadaljevala z gradnjo šole in drugih stavb. V skupnost so se zgrinjali novi prebivalci, ki so se odločali za naselitev v kraju, ki je ponujal storitve, ki so vsem omogočale, da so se hitreje uveljavili.

Les je prišel in fara je bila zgrajena, vendar ne brez težav. Najprej se je moški, ki je z ladje odnašal hlode, zdrobil, ko se je več hlodov odlomilo in padlo nanj. Potem so sprejeli več previdnostnih ukrepov, vendar so tisti, ki so opozarjali na bogokletje, med seboj vedoželjno šepetali.

Leta pozneje, ko kolonija še ni imela imena, so predlagali, naj se imenuje New Charleston, in tako se je tudi imenovala in več generacij je skupnost služila vsem, prebivalstvo pa je skokovito naraščalo. Lord in lady Charleston sta umrla, vendar sta bila njuna portreta naslikana in postavljena nad kamin v knjižnici župnišča med dve knjižni polici. Ob močnem nasprotovanju javnosti so knjižnico poimenovali Arhiv lady Charleston, saj je družina darovala svojo zbirko knjig, da bi napolnila police."

Odvila sem pokrovček na steklenici z vodo in srknila požirek, medtem ko je August pogledal na uro. Sonce je že zašlo in večina vrta je bila v temi, razen enega samega reflektorja, ki ga je zagotavljala luna.

„V tej cerkvi je prišlo do smrti."

Avgust in jaz sva se ji približala v upanju, da bo kmalu prešla k bistvu. V želodcu mi je krulilo. Bil je namreč že krepko po večerji in se je začel pogovarjati z Avgustovim v duetu lakote.

„Gingernut?" Judy je vprašala in nam pomahala pred nosom. Vljudno sva jih zavrnila. „Zakaj ne bi naročila pice? Medtem ko jo pečejo in dostavljajo, lahko nadaljujem s svojo zgodbo."

„Brez ananasa," je rekel August. Pica z ananasom je bila njegova prava ljubezen. „Ananas je namenjen za obrnjeno torto, ne za pico."

„Ne morem se strinjati," je dejala Judy in pritisnila na hitro klicanje na svojem telefonu.

„Brez sardel," sem rekel in poskušal prepričati svoj brbotajoči trebuh, da se umiri.

***

„Leta 1847 je sredi noči v skupnost prišla tujka, ki je iskala svojega moža in mladega sina. Trkala je na vrata in povzročila precej hrupa, saj je bilo že po polnoči. Člani skupnosti so prišli iz svojih hiš, si prizadevali, da bi ji pomagali, in ustanovili iskalno skupino, ki je za vodenje uporabljala svetilke. Takšna je bila skupnost, ki se je združila, da bi pomagala drugim, tudi neznancem. Nihče ni dvomil o njenih motivih, zgodbi ali zdravi pameti.

Bil je oktober, zato je bilo hladno, a še preden je zapadel prvi sneg. Trmarili so in iskali, dokler ni vzšlo sonce, nato pa so se pregrupirali, da bi jedli, pili in izvedeli več od ženske, ki je bila preveč izčrpana, da bi z njimi skalila kraj. Ko je prišla, so jo takoj namestili in jo pospravili v posteljo po močnem čaju, v katerega so ji dodali malo viskija, da je prespala noč.

Po daljšem pogovoru in potrditvi, da nihče ni videl ne glave ne las moža ne otroka, so skupaj pojedli hrano, ki jo je priskrbelo žensko društvo v cerkvi, in se pogovorili, kaj storiti naprej. To ni bilo tako kot danes, ko lahko zlahka natisneš plakate in jih povsod nalepiš z lepilnim trakom, prav tako pa tudi družbeni mediji niso prišli v poštev. Namesto tega so najeli umetnika, ki je na podlagi materinega opisa narisal družino. Ženski je bilo ime Reba, njenemu otroku je bilo ime Jacob, njenemu možu pa prav tako Jacob.

Nekega večera, precej pozno zvečer, je neki domačin opazil Rebo, ki je vstopila v cerkev in v rokah držala otroka. Spraševal se je, kje je mož, vendar o tem ni več razmišljal in je šel spat.

Reba je v cerkev pripeljala sina, da bi na alarmu prižgala svečo v zahvalo Jezusu, ker ji je vrnil moža in sina. Vrata cerkve niso bila zavarovana, saj se jim bo kmalu pridružil Jacob Senior. Pihljaj vetra, ki je bil tako silovit, da je odnesel plamen in ji zažgal rokav, in ker je takrat držala sina, je zagorela tudi njegova obleka. Vstopil je Jakob starejši in stekel proti njima, pri čemer je vrata pustil povsem odprta. Sledil mu je še bolj srdit veter, ko je zapiral razdaljo med seboj in svojimi bližnjimi. Cerkev, ki je bila narejena iz lokalnih dreves, se je z njimi v hipu dvignila.

V občinski dvorani, kjer so cerkvene ženske prostovoljcem ponujale hrano, so najprej začutili, da nekaj gori, in stekli na ulice. Večina prostovoljcev je bila tudi gasilcev, vendar so bila njihova sredstva takrat omejena. Storili so, kar so lahko, da bi rešili cerkev, vendar je bilo za to že prepozno. Fara še ni bila zajeta, zato jim je uspelo spraviti ven duhovnika in rešiti, kot sem že povedal, knjižne police in kamin. Tričlanska družina je umrla ... zgorela v nič. Pepel v pepel, kot pravi pregovor.“

Judy je globoko vdihnila, naredila požirek vode, nato pa je zazvonil zvonec na vratih. Pripovedovanje zgodbe ji je vzelo veliko moči, zato se je August ponudil, da bo pobral pice, vendar je Judy, češ da mora plačati - lahko bi to zapisala kot strošek, povezan z delom -, na koncu odšla do vrat. Vrnila se je z vročo in slastno dišečo pico in nekaj časa smo jo pojedli, ne da bi govorili, razen ooh in ahh, ko smo se posladkali z okusno pojedino.

Sedaj zadovoljna in s polnimi trebuhi je Judy nadaljevala s pripovedjo.

„Od takrat pravijo, da duhovi te družine strašijo v tej hiši. Karkoli ljudje vidijo, jih tako prestraši, da s kričanjem zbežijo od tod. Skozi stoletja so na tem posestvu gradili nove hiše, a nihče nikoli ni tu živel dlje časa."

Bilo je že zelo pozno; Judyina zgodba je trajala kar nekaj časa.

„Ali lahko prosim prestavite zgodbo naprej in nas popeljete v sedanjost?" Avgust je vprašal, spet bolj grobo, kot sva pričakovala. Bil je že čas za spanje in za to, da je postal razdražljiv, ni bil kriv samo on.

Judy se je opravičila. „Ta hiša je bila zgrajena pred petindvajsetimi leti. Kupovali so jo, prodajali, najemali, prenavljali - kar hočeš nočeš, in večkrat, kot imam prstov na rokah in nogah, da bi jih preštela - nihče noče živeti v njej." Ozrla se je naokoli. „Da, dobro se vidi, ampak nekaj je na njem. Nekaj, zaradi česar ljudje bežijo. Še posebej ob tej uri. Želela sem vedeti, ali se je to zgodilo tudi tebi."

„Torej smo vaši prijazni gvineapigi," je rekel August in nenadoma odrinil stol. „Nadaljujmo z ogledom. Kaj je v zgornjem nadstropju?"

Nisem se premaknil.

„Nimaš pojma; hočem reči, absolutno nimaš pojma, zakaj bi se ljudje obnašali tako skrajno? To se mi zdi malo ali nič smiselno. Zagotovo bi videli vse, kar so videli oni.“

„Nikoli ne vidim,“ je rekla Judy.

„No, to je čudno,“ je rekel August.

Judy se je nasmehnila. „Vem. In zato, naj povem samo to, da so duhovni ljudje, kot so jasnovidci, mistiki, vedeževalci, čarovnice, čarovniki - naštejete jih in bili so tukaj - da, celo izganjali so to lokacijo od stebra do stebra in še vedno se dogaja tisto, zaradi česar vsi bežijo, vključno z vsemi zgoraj naštetimi. Vsak od njih je s kričanjem pobegnil v hribe - in se ni nikoli več vrnil.“

„Stvari in neumnosti,“ je rekel Avgust.

Toda bolj ko je govorila o tem, bolj sem postajal prestrašen in bolj sem bil pripravljen verjeti, saj sem sčasoma postajal vse bolj hladen. Pravzaprav sem se tresel, kot bi se nekdo sprehajal po mojem grobu - čeprav seveda nisem bil mrtev. Pa vendar. Že samo ob misli na to so se mi naježile dlake na rokah.

Judy je vstala. „Zdaj veš, kaj vem. Cena je že zdaj nizka, vendar se o njej še vedno lahko pogajamo. Lastnik si želi, da bi bila prodana in da bi šla iz njegovih rok - včeraj. Zakaj si ne bi pogledala v zgornje nadstropje, da bi si ga ogledala?“

Avgust je rekel: „Lahko bi ga kupili z ljubeznijo, ga podrli in rekonstruirali nekaj, kar bi ustrezalo našim potrebam, na primer bungalov. Še vedno bi bila v prednosti in imela bi dovolj sredstev, da bi lahko živela do konca življenja.“

S tresočimi se koleni sem se tudi jaz postavil in se trdno držal mize. Zvenelo je dobro, pravzaprav preveč dobro, da bi bilo res.

Judy je rekla: „To je dediščina. Knjižne police in kamin morajo ostati nedotaknjeni. O tem se ni mogoče pogajati. Pravzaprav ne morem sprejeti vaše ponudbe, če niste pripravljeni tega zapisati v pisni obliki.“

Z Augustom sva kot v transu odšla iz kuhinje in na koncu stala na preprogi, ki je bila zdaj pred kaminom. Zaradi bruhajočega ognja, ki je pljuskal in razsvetljeval sobo, sem se spraševala, zakaj me je še bolj zeblo.

„...elektrika,“ je rekla Judy.

V mislih sem odšel v deželo knjig in spregledal, kaj je govorila.

„... izklopila sem jo. Tudi vodo.“

Ko je Avgust zapustil sobo, sem z roko segel po osrednji knjižni polici, saj mi je bilo zdaj vse jasno. Obrnil sem se in mu sledil, prav tako kot Judy. Ustavil se je na dnu stopnišča, pogledal, kje smo, in se začel vzpenjati. Zgrabil sem se za ograjo in se tudi sam povzpel. Približno na polovici poti se mi je ograja zatresla, prav tako tudi kolena. Zdelo se je, da se mi noge pogrezajo v lesene stopnice, zato sem se počutila negotovo. Avgust je bil že na vrhu. Opazila sem, da si je pot osvetljeval s svetilko na svojem telefonu. Bila sem ponosna, da je končno našel uporabo za eno od aplikacij, ki sem mu jih priporočila, da jih preizkusi.

Ko sem se mu pridružil na vrhu, sva se spogledala z Judy, ki je čakala s telefonom, usmerjenim pred njo - prav tako je uporabljala aplikacijo za svetilko. „Kmalu moram zakleniti,“ je rekla.

„Samo dobro se bova razmigala naokoli,“ sem rekel, medtem ko se je August oddaljil od mene proti vratom na drugem koncu hodnika. Med hojo se mi je debela preproga pod nogami zdela gnetljiva, tako da sem težko hitela. Avgust je odprl vrata in pokazal kopalnico, odeto v breskovo barvo, z umivalnikom, kadjo, straniščem in tušem. Kopalnico so krasili dodatki - ena od tistih preprog, ki so bile vržene okoli njenega dna. Stil ni bil po najinem okusu in to sem tudi povedal, ko sva zaprla vrata in se preselila v spalnico, majhno, okrašeno v modri barvi z avtomobili, ki so vozili po stenah, in zvezdami, ki so se prižgale, ko sva nanje na stropu usmerila svetilko.

„Všeč so mi te zvezdne luči,“ je rekel August in v njem se je razkril otrok. Presenečen sem bil, da mu niso bili všeč tudi avtomobili na tapetah. Morda je imel, a od obeh so mu bile ljubše zvezde.

„Ja, snemimo jih in jih postavimo nad kamin - če ga bomo kupili,“ sem rekla.

Preselila sva se v drugo spalnico, sobo za goste, polno rož vseh vrst, tipov in barv. Na zadnji strani vrat so bile šablonirane sončnice.

„Zelo domače,“ sem rekel, ko sva se po hodniku premaknila v zadnjo sobo: glavno spalnico. Zdelo se mi je, da bi hiša te velikosti morala imeti več kot tri spalnice.

Avgust je rekel: „Več sob lahko zgradimo na zemljišču, ko bomo to spremenili v bungalov. Tu je toliko prostora zapravljenega.“

Ogledala sva si kopalnico, ki je bila prav tako zelo zastarela z breskvijo - čeprav je bila v njej masažna kad, okrašena z zlatimi pipami in armaturami. Nad njo pa je veliko okno z lokom ponujalo panoramski pogled na nekaj, za kar smo domnevali, da mora biti zadnji vrt.

Avgust se je povzpel na kad in me pri tem prijel za roko. Stala sva skupaj; drug ob drugem sva gledala navzdol na vrt, ko so se pojavile tri postave. Na levi strani je bil moški, ki je bil razvrščen po višini, čeprav bi glede na njegovo postavo lahko mislili, da je deček. Njegova obleka je vključevala klobuk s poklonom, platneno srajco z volančki nad pasom, suknjič do kolen in hlače so dokazovali drugače. Moškega je za roko držal deček, ki mu je suknjič segal tik pod pas, hlače pa so se mu do kolen razširile pod kapo, izpod katere so se mu razlivale temne kodre. Trojico je dopolnjevala ženska, ki je držala otrokovo roko. Nosila je debel prešivan plašč, ki je prekrival njena oblačila, na glavi pa je imela spalno kapo - kot da je nepričakovano prišla v noč. Polni obrazi vseh treh figur so bili prežeti z luno in zvezdami, ali pa so bili začarani.

„So resnični?" Zašepetal sem, držajoč se za Avgustovo ramo, a še preden sem lahko končal, so trije pari oči pogledali naravnost v nas in hkrati izdali krik s tako visokimi glasovi, da so morali zbuditi vse pse v soseski. Vsi trije so rekli,

„Vsak dan pridemo sem, da bi se zažgali."

Pokrili smo si ušesa, ko so ponavljali svojo sireno, nato pa so jih zajeli plameni, ki so se začeli pri njihovih nogah in se pomikali navzgor, in kmalu so se njihovi kriki spremenili v stokanje, ko so se sesuli na tla v kupe pepela.

Zakričala sem. In potem se je zgodilo nekaj, kar se v vseh letih najinega zakona še ni zgodilo - kričal je tudi Avgust.

Zlezla sva iz kadi, stekla po stopnicah navzdol, mimo Judy in skozi vhodna vrata s hitrostjo, za katero dva stara starca, kot sva midva, ne bi nikoli verjela, da je mogoča. Usedla sva se v Judyjin avto; vozila je, ko nama je razkazovala posestvo. Ko se je usedla, se je odpeljala in pri tem piskala s pnevmatikami.

Ko sva se od hiše dovolj oddaljila, je Judy stvarno dejala: „Zjutraj vam bom pripravila seznam drugih hiš, ki si jih lahko najprej ogledate. Našli vam bomo popoln dom. Na trgu je veliko čudovitih hiš, med katerimi lahko izbirate.“ Pogledala naju je v vzvratno ogledalo.

Še vedno sem se tresel in se držal Avgusta.

„Ali mi želite povedati, kaj ste videli?“ Judy je vprašala.

„Ali jih nisi slišala?“ Vprašala sem.

Judy je zavrtela z glavo.

„Verjemi mi, ti si srečnež,“ je rekel August. „Zdaj pa nas odpelji domov. Mi bomo ostali na svojem mestu.“

Z Avgustom nisva nikoli več govorila o hiši.

MURDER

Sedel sem v avtu - preveč me je bilo strah, da bi izstopil.

Izza zatemnjenega stekla sem videl vse - zakaj bi se torej izpostavljal nevarnosti? Zakaj bi tvegal okužbo, ko pa sem si želel le malo narave.

Zakaj ne bi ostal doma, hišni ljubljenček? V glavi sem slišala tvoj nežen glas, ki me je spraševal. Kot da bi bil tu, sedel na sovoznikovem sedežu poleg mene. Ti si bil moj pokojni mož Gerald - dvainštirideset let sem bila poročena, preden ga je COVID odstranil. Da, moj Gerald je podlegel virusu na samem začetku tega norega obdobja najinega življenja. Še preden so ga tisti, ki so trdili, da so seznanjeni, poimenovali pandemija.

Tudi ko je bilo uradno potrjeno, da je bil Gerald izpostavljen temu virusu in da je bil okužen - tega ni verjel. Privolil je v oceno samo zato, ker sem ga prepričala, da gre z mano, saj veste, kot sva rekla v najini zaobljubi v bolezni in zdravju. Bila sem v bližini nekoga, ki se je okužil med prostovoljnim delom v banki hrane. Ni mi bilo treba na testiranje, vendar sem se odločila, da je bolje biti varen kot žalovati, in sem se dala v prostovoljno štirinajstdnevno karanteno - vsaj z Geraldom sva lahko bila skupaj.

Ko so prišli rezultati, je imel Gerald to bolezen, moj test pa je bil negativen. Ker sva bila drug drugemu v napoto, je bilo verjetno, da sem jo imel tudi jaz, le da sem bil asimptomatski, zato sva šla v karanteno in bila srečna skupaj, kot sva bila vseh petinštirideset let, odkar se poznava.

Bila sva pripravljena, da se s tem soočiva skupaj, potem pa so mi rekli, naj se držim stran od svojega Geralda, omejim stike - naj imam vrata med nama, nosim masko, si pogosto umivam roke - saj veste, kako to poteka. Vzel sem sobo za goste, Gerald je imel našo sobo. Sva si rekla lahko noč skozi steno, tako kot so to počeli ljudje v družini Waltonovih.

Neke noči, ko ni mogel zaspati, sem mu skozi steno serenadiral nekaj refrenov pesmi, na katero sva imela prvi ples v srednji šoli, pesmi Make Me Do Anything You Want skupine A Foot in Coldwater. Ko sem opazovala dogajanje zunaj, sem si jo brundala. Nekaj metrov stran je skupina kanadskih gosi jedla travo. Spustil sem okno, da sem lahko slišal njihovo kramljanje. Globoko sem vdihnil in tako dovolil zunanjemu zraku, vendar mi svež zrak ni preprečil, da bi se spomnil naslednjega, najtežjega dela, ko so mi Geralda odvzeli in ga sprejeli v bolnišnico. Z njim nisem smela v reševalno vozilo in tako hitro mu je šlo navzdol, da ga nikoli več nisem videla živega.

Najprej sem poklicala otroke. Seveda so zdaj vsi odrasli in imajo svoje otroke. Otroci, koze. Otroci, to je seveda to, kar mislim.

Ne vem, kdaj sem se vrnil k običajnemu opisu. Verjetno zato, ker Geralda ni tukaj, da bi mi rekel, naj tega ne počnem.

Naši otroci niso mogli priti zaradi omejitev družbene oddaljenosti. Njihova območja so bila nazaj v drugi stopnji. Poleg tega tveganja, da bi sami ujeli virus, tveganja, da bi ga prenesli na najine vnuke, ni bilo vredno sprejeti. S pomočjo prijazne medicinske sestre sva se soočila, vendar Gerald ni spregovoril. Takrat se mu je nasmeh iz oči že izgubil in vedela sem.

Po pogrebu - na pogreb ni prišel nihče razen mene - nisem vedel, kaj naj storim s seboj. Po izplačilu zavarovalnine je bilo še huje. Vse življenje sva varčevala in varčevala - in zdaj, ko ga ni bilo več, ni bilo kam iti - ne zaradi pandemije, ki je prežala na vsakem koraku - in mojega Geralda ni bilo tam, da bi jo delil z mano, zato sploh ni bilo smiselno iti. Ves ta denar, pa se nisem mogel spomniti niti ene stvari, ki bi jo želel ali potreboval, razen Geralda.

Ko se je bližala jesen in se je listje začelo ogrevati, sem neštetokrat nikomur pokazal na posebej osupljivo drevo. In potem se je na obzorju pojavil zahvalni dan. Običajno smo pripravili družinsko pojedino - z običajnimi kanadskimi jedmi, kot so bučna pita, brusnična omaka, puran, šunka, nadev, pire krompir, zelenjava in zelena solata. Gerald je navadno izrezljal ptico, jaz pa sem organiziral vse drugo. Nato smo šli okrog mize in vsi, tudi malčki, so povedali, za kaj so bili hvaležni v preteklem letu. Spomnil sem se izjave malega Kevina, ki je bil najbolj hvaležen za „Bampo" - dedka. Geraldove oči so tistega dne zasijale kot sonce, ki po večdnevnem deževju pride izza oblaka.

Hčerka mi je predlagala, naj „gostim" virtualno zahvalno večerjo. Njeno srce je bilo na pravem mestu, a zamisel je bila absurdna. Sama bi pripravila televizijsko večerjo s puranom in jo pojedla med gledanjem filma Charlie Brown Thanksgiving.

Tako sem se vrnil k temu, da sedim v tem prekaljenem avtomobilu z dvignjenimi zatemnjenimi stekli - preveč me je strah, da bi stopil iz avta. Ko se z očmi sprehajam po pločniku, zagledam Sonnyja in Evelyn Marshall, in še preden imam priložnost, da bi se skril, zagledata mene. Približujeta se mi. Slišala sta za Geraldovo smrt in se mu želita pokloniti, zame pa je prepozno, da bi zagnal avto in se umaknil s tega parkirišča.

Pred avtomobilom zdaj v maskah Sonny potrka na moje okno, medtem ko Evelyn obide sovoznikovo stran.

„Pozdravljeni," rečem skozi zaprta okna. Telefon zazvoni. Pokažem nanj, da moram opraviti klic, nato pa pogledam, kdo je klicatelj - na liniji je Evelyn. „Pozdravljeni, še enkrat," rečem, ko Sonny obide sprednji del mojega avtomobila, se za kratek čas ustavi in me pogleda skozi vetrobransko steklo, nato pa gre naprej in se pridruži svoji ženi.

Evelyn pravi: „Slišali smo za Geralda. Zelo nama je žal in želela sva se le ustaviti in ti to povedati. Prav tako, če boste karkoli potrebovali, karkoli, nas prosim pokličite. Radi bi vam bili v času te pandemije na voljo, kolikor je le mogoče." Sonny je ženo objel z roko.

„V redu sem," rečem. „Hvala za prijazno ponudbo in za obisk." Položim slušalko in odložim telefon v upanju, da bodo odšli.

Sonny nekaj reče, kar bi običajno vedel, saj znam dokaj dobro brati z ustnic, toda s temi maskami lahko vsakdo reče karkoli. Z Evelyn mi pomahata, ko se vrneta na pot, in odideta.

Gledam, kako se držita za roke in kako postajata vse manjša in manjša. Ko ju ni več, na pokrovu mojega avtomobila pristane črna vrana in me pogleda skozi zatemnjeno steklo. Spustim okno in rečem: „SHOO!"

Vrana se pomakne proti meni, si razmrši perje in odgovori z izzivalnim „CAW, CAW!".

Spet zaviham okno navzgor in opazujem, kako se premika po pokrovu mojega avtomobila. Na mojem zaprašenem vozilu pušča sled ptičjih odtisov. Vključim motor in razpršim vodo na vetrobransko steklo. Ptica se ne premakne. Nekajkrat pomaham z brisalci. Še vedno me gleda, zmajuje z glavo, nato pa se pokaka. Potrobim in gledam, kako se dvigne, lebdi, se še malo pokaka, tokrat zadene žaromet, preden odleti proti vodi.

Skupini vran se reče umor. Ko je Gerald umrl zaradi virusa, ki ga je na naš planet spustil človek, se njegova smrt ni imenovala umor, čeprav bi se morala imenovati umor.

Segla sem v torbico in iz nje potegnila masko. Eno zanko si nataknem skozi desno uho, drugo pa skozi levo. Prepričam se, da je maska pravilno nameščena, nad nosom in pod brado. Stopim iz avta in stopim na sončno svetlobo.

Dobro dekle, Gerald zagodrnja, ko mi nad glavo krog oblikujejo murder vrane in stopim pred premikajoče se vozilo.

SANS MASQUE

On je stal na eni strani sobe, ona pa na drugi.

Oba sta bila oblečena - ali preoblečena - tako je ona dojemala njegov videz. Poliran je bila prva beseda, ki ji je prišla na misel, vendar je bilo nekaj na njem videti preveč uglajeno. Kot da bi želel, da se vanj zaljubi še bolj, kot se je že zaljubila.

Vsaj pokazal se je - čeprav ni hotela storiti, kar je od nje zahteval, in to je bilo njuno prvo osebno srečanje.

Spoznala sta se prek aplikacije za zmenke. To ni prepovedano z nobenim zakonom - še vedno. Sčasoma sta razvila odnos. Svoja sporočila je vedno končal z emotikonom utripajočega srca. Ona se je vedno podpisala z „yours truly", kot bi zaključevala pismo. Bila je novinka v aplikaciji za zmenke. scenarij, toda kako naj bi ob strogih zakonih o pandemiji še koga spoznala?

Po nekaj več kot dveh mesecih pošiljanja sporočil in elektronske pošte jo je prosil, da bi se z njo srečala osebno. Nejevoljno je privolila. Na neki način si je lahko predstavljala, da je vse, za kar se je izdajal, če se ne bi nikoli srečala. Še pomembneje pa je, da ni želela izpasti preveč nestrpna ali obupana.

Toliko se je trudil, da je vse uredil, vključno s prizoriščem, kamor jo je nameraval peljati. Sprva ni mogla verjeti svoji sreči. Medtem ko je čakala, da potrdi podrobnosti, so se njena čustva spreminjala od navdušenja do skepse. Ali je res lahko rezerviral tako ekskluzivno prizorišče samo za njiju? Ko ji je poslal sporočilo s podrobnostmi, je zaječala, nato pa odgovorila z emojiji z nasmeškom. Njen prvi v tem razmerju.

Nato je takoj odšla v svojo omaro in odprla zrcalna vrata. Pobrskala je po obešalnikih, dokler ni našla svoje najdražje obleke - tiste, ki jo je imenovala njena elegantna obleka. Tako jo je poimenovala v spomin na svojo pokojno mamo. Bila je ponarejena dizajnerska številka, ki jo je kupila na spletu, in njena najbolj ponosna modna lastnina. Držala jo je ob sebi, se gledala v ogledalo in se poskušala odločiti, s katerim nakitom bi jo poudarila: z umetnimi diamanti ali biseri? Odločila se je za prvo.

Zjutraj na veliki dogodek se je zbudila zgodaj, da bi preverila svoj poštni predal. Na pol je pričakovala sporočilo ali sporočilo, da je moral odpovedati sestanek. V resnici je delček nje upal, da ga bo odpovedal, vendar je bil njen poštni predal prazen in ni prejela nobenega sporočila. Odšla je v kuhinjo, da bi si skuhala kavo, nato pa še enkrat preverila, če je bil v stiku. Tokrat je pogledala celo v datoteko z nezaželeno pošto - tudi ta je bila prazna.

Ves dan je bila zaposlena. Najprej si je privoščila dolgo parno kopel in piling. Sledilo je lahkotno kosilo. Spet je preverila, ali ima sporočila, in ker jih ni našla, si je uredila lase, nato pa še nohte.

Preden se je naličila, je pobrskala po družabnih omrežjih. Ker ni našla dokazov o njegovi nedavni dejavnosti, je stopila v svoj najvišji par visokih pet - v tiste, zaradi katerih so bile njene noge videti najdaljše. Ličenje je zaključila z nanosom rdeče šminke v barvi sladkega jabolka in stopila pred ogledalo. Popolno.

Razen ene stvari: njene ujemajoče se torbice s sklopko. Vanjo je prenesla telefon in plačilno kartico, se vrnila po šminko in zdaj je bila pripravljena na vse.

Ko je stopila skozi vhodna vrata in si nadela masko, je pripeljal taksi. Naročila ga je že prejšnji večer, da ne bi prišla prepozno ali prezgodaj. Želela je, da bi bil čas za njuno prvo srečanje v živo popoln.

***

Dan je preživel tako, da je vse dvakrat preveril, kot je to vedno počel ob takšnih priložnostih.

Veselil se je, da jo bo končno srečal v živo. Na spletu je bila videti bolj sramežljiva in naivna od vseh drugih, s katerimi je klepetal. Zdela se mu je tako sramežljiva, tako neresnična, da mu ni hotela poslati svoje gole fotografije. Goli pomeni brez maske.

Preden je privolila v srečanje z njim, jo je moral prepričati, da bo upošteval smernice. No, ne samo upošteval, kot rečeno, tj. zahtevala je nič manj kot njegovo osebno jamstvo, da ju ne bo motil.

Ko so voditelji po svetu padli, se je oblikovala mednarodna vlada, da bi zapolnila vrzel. Z mednarodno vlado na čelu je svet zahteval strožje kazni za nespoštljive huligančke, ki se oddaljujejo od družbe. Na novo ustanovljeni Mednarodni pandemični partnerji

(I.P.A.) so bili pooblaščeni, da z vsemi sredstvi uveljavljajo zakone o družbenem distanciranju.

Po padcu svetovnih voditeljev se je v javnosti sprožila huda gonja. Družabne medije so preplavile napačne informacije. Ljudje so zahtevali pravico in se s transparenti in znaki miru odpravili na ulice. Ko jih ni bilo mogoče utišati in so bili zapori napolnjeni do zadnjega kotička, so bile javne usmrtitve zapisane v zakon.

Skozi vse to mu je uspelo obdržati svoj denar in ni se ga bal uporabiti, kadar mu je bil v korist. Za rezervacijo prizorišča, najem osebja in zagotovitev, da bodo ostali neovirani, je namazal nekaj dlani. Oko, ki ju je opazovalo v prostorih, ni mogel storiti ničesar. S.D. kamere so bile povsod.

Njegov smoking so pobrali in je bil še vedno zavit v plastično prevleko, ki jo je nosil na poti domov iz čistilnice. Dokler ga ni potreboval, je bil v karanteni v garaži. Človek ni nikoli preveč previden. Standardni čas za karanteno tkanin je bil oseminštirideset ur. Zaradi previdnosti je bil v garaži ves teden.

Ko je bil popolnoma oblečen, si je pred vstopom v svoje vozilo še zadnjič nadel masko. Prometa je bilo malo in parkiranje je bilo enostavno.

Želel je, da bi bilo vse popolno.

Tako kot je upal, da bo ona.

***

Stopila je iz taksija na pločnik in zaprla razdaljo med seboj in prizoriščem.

Na tleh je bilo s kredo na pločniku napisano sporočilo, namenjeno njej. Pisalo je: „ *Draga, sledi mi*. Nasmehnila se je in sledila sledi srčkov, ki so bili vklesani na kamnih. Njeni prsti so vsak trenutek iskali zagotovilo v maski, ki ji je prekrivala obraz. Zdaj je bila kot druga plast kože.

Šla je v odprta vrata in sledila še več srcem, ki so jo vodila po hodniku.

Končno je prispela v upanju, da jo čaka njena prava ljubezen, njena sorodna duša.

***

Čez sobo sta se njuna pogleda srečala. Ona v svoji črni obleki brez rokavov, on pa v črnem smokingu.

„Prišla si!" je rekel z močnim pritrdilnim glasom.

„Da," je odgovorila z zadihanim šepetom.

Z opazovanjem prostora je upočasnila bitje svojega srca. Pozornost do podrobnosti je bila brezhibna. Miza je bila pogrnjena za dve osebi, z najboljšim porcelanom, kristalom in srebrom. Miza se je raztezala po celotni dolžini sobe. Na sredini je stal čudovit svečnik, ki je izžareval romantiko.

„Prosim, usedite se," je rekel.

Sedla je na svoj konec in on na svoj. Preden je zavladala neprijetna tišina, je zaploskal. Skozi vrata, ki jih ni opazila, sta prišla dva natakarja. Od glave do peta sta bila oblečena v obleke za celotno telo, ki ne bi bile videti neprimerne na Luni, in sta se približala. Z rokami v rokavicah sta napolnila flavte za šampanjec in njihove sklede z rahlim požirkom.

On je s kosom pribora kliknil na stranico svojega kozarca, ona pa je storila enako. Na porokah so ta obred nekoč izvajali kot prošnjo, da si mladoporočenca izmenjata poljub. Že samo ob misli na to, da bi se razkrinkala v javnosti, se je zdrznila. V tem novem pandemičnem svetu je cingljanje pomenilo, da želi pobudnik nazdraviti.

„Na vas," je rekel in dvignil kozarec.

„Na nas," je rekla in besno zardela, skrita pod masko.

Natakarji so redno prihajali s pladnji. Po zadnji predstavitvi flambiranih češenj Jubilee so se servirji priklonili. To je pomenilo, da se ne bodo več vrnili.

„Če bi te le lahko poljubil," je rekel glasneje, kot bi si želel, vendar dovolj glasno, da je bilo to mogoče zaradi njegove maske.

Te njegove besede so jo razvnele. Še preden se je zavedala, kaj počne, je vstala in ga poljubila. Spet se je usedla nazaj in si predstavljala, kako poljub kot pero lebdi v zraku čez mizo.

Ujel ga je in si ga pritisnil k ustnicam. „To ni dovolj," je zavpil.

Spet je odrinila stol. V tišini je zaškripalo.

Njene visoke pete so klikale, ko je prečkala tla. Od vznemirjenja se je spotikala, ko se je ob mizi prebijala proti njemu.

Ko se mu je približala, je klimatska naprava v njegovo smer odnesla njen sladek, sladek parfum. Do takrat je bil priča le njenim koralno modrim očem in majhnim ušesnim mečicam, pod katerimi so bili nameščeni trakovi maske. Njegovo srce je utripalo tako hitro, da je bil prepričan, da se mu bo iztrgalo iz prsnega koša. Da bi se pomiril, je na prstu obračal poročni prstan in se spraševal, ali je to dekle tega vredno. Je bila dovolj, da bi tvegal kršitev zakona? Bi zanjo umrl?

„Ustavite se!" je zakričal in silovito dvignil roko v zrak kot jezen šolski prestopnik.

Še vedno je bila v begu in se je pod masko ugriznila v ustnico.

Masko je pritrdil na svoje mesto.

Ko je za njo pomežiknilo oko v steni, je zašepetal: „Sem pozabil omeniti, da sem poročen?"

Še naprej je hitela proti njemu, ko so se vrata za njim odprla.

„Ali sem pozabila omeniti, da sem z IG?" je vprašala, ko sta ga dva moška v vesoljskih oblekah s paralizatorjema strmoglavila na tla.

Zahvala

Dragi bralci,

Hvala čudovitim prijateljem, družini in ekipi ljudi, ki ste me in moje pisanje vsa ta leta čustveno podpirali, pa tudi tistim (veste, kdo ste), ki ste mi pomagali pri tehničnih zadevah, kot so lektoriranje, urejanje in podobno.Brez vsakega od vas mi to res ne bi uspelo.

In hvala, ker ste za branje izbrali to knjigo!

Hvala vsem milijonkrat!

Najlepša ljubezen,

Cathy

O avtorju

Cathy McGough z možem živi in piše v Ontariu v Kanadi, sinom, mačko in psom.

Tudi avtorji:

Cathy je večkrat nagrajena avtorica, poleg leposlovja in neleposlovja pa je napisala tudi knjige za otroke in mladino.